TE ESCRIBO DESDE AUSCHWITZ

Planeta

KAREN TAIEB

TE ESCRIBO DESDE AUSCHWITZ

Las historias detrás de las últimas cartas que los Nazis
obligaron a escribir a los prisioneros de Auschwitz

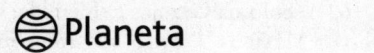

Planeta

Título original: *Je vous ecris d'Auschwitz*

© 2021, Karen Taieb

© Éditions Tallandier, 2021
Esta edición se publica con acuerdo de Éditions Tallandier en conjunto con sus agentes designados Books And More Agency #BAM, París, Francia y
The Ella Sher Literary Agency, Barcelona, España.

Traducción: Estela Peña Molatore
Diseño de interiores: Moisés Arroyo Hernández

Diseño de portada: Planeta Arte & Diseño / Estudio La fe ciega / Domingo Martínez
Ilustración de portada: Fotoarte creado con imágenes de © iStock
Fotografía de la autora: © Nadine Noël

Derechos reservados

© 2023, Editorial Planeta Mexicana, S.A. de C.V.
Bajo el sello editorial PLANETA M.R.
Avenida Presidente Masarik núm. 111,
Piso 2, Polanco V Sección, Miguel Hidalgo
C.P. 11560, Ciudad de México
www.planetadelibros.com.mx

Primera edición en formato epub: julio de 2023
ISBN: 978-607-39-0349-3

Primera edición impresa en México: julio de 2023
ISBN: 978-607-39-0352-3

No se permite la reproducción total o parcial de este libro ni su incorporación a un sistema informático, ni su transmisión en cualquier forma o por cualquier medio, sea este electrónico, mecánico, por fotocopia, por grabación u otros métodos, sin el permiso previo y por escrito de los titulares del *copyright*.

La infracción de los derechos mencionados puede ser constitutiva de delito contra la propiedad intelectual (Arts. 229 y siguientes de la Ley Federal de Derechos de Autor y Arts. 424 y siguientes del Código Penal).

Si necesita fotocopiar o escanear algún fragmento de esta obra diríjase al CeMPro (Centro Mexicano de Protección y Fomento de los Derechos de Autor, http://www.cempro.org.mx).

Impreso en los talleres de Litográfica Ingramex, S.A. de C.V.
Centeno núm. 162-1, colonia Granjas Esmeralda, Ciudad de México
Impreso y hecho en México – *Printed and made in Mexico*

PREFACIO

En noviembre de 1943 la esposa de Isaak Golsztajn recibió una carta de su marido, quien había sido detenido y deportado unos meses antes: «Te escribo desde el campo de trabajo de Birkenau, donde me encuentro ahora. Estoy sano, trabajo y espero noticias tuyas». Las palabras son anodinas, la información insignificante, pero la propia existencia de esta carta es increíble. Sí, hubo correspondencia entre los deportados de Auschwitz y sus familias. El procedimiento autorizaba incluso las respuestas.

En 2018, en el Servicio Histórico de la Defensa (SHD) salió a la luz una colección de archivos que documentan la *Brief-Aktion*, literalmente «Operación Cartas». Esta colección evidencia que, entre septiembre de 1942 y julio de 1944, se enviaron a Francia casi cinco mil cartas de deportados. El expediente, que ahora se conserva en Caen en los Archivos de las Víctimas de Conflictos Contemporáneos,* puede consultarse en el Memorial de la Shoah en formato digital.

Como explica Karen Taieb, quien fue la primera persona en estudiar el caso a fondo, la *Brief-Aktion* no es muy conocida. No se sabe quién concibió y llevó a cabo la operación. Solo sabemos que también se organizó con judíos deportados de Alemania, Bélgica, Países Bajos y Checoslovaquia. En Francia, las cartas se remitían a la Unión General de Judíos de

---

* *Archives des victimes des conflits contemporains.*

Francia (UGIF, por sus siglas en francés), que se encargaba de hacerlas llegar a sus destinatarios. En el año 1943 se registraron casi mil quinientas cartas (435 en marzo, 708 en octubre y 289 en noviembre). Aunque algunos deportados escribieron hasta seis cartas, la mayoría solo envió una. André Balbin, de quien conocemos la obra *De Lodz à Auschwitz en passant par la Lorraine* («De Lodz a Auschwitz, pasando por la región de Lorena») (1989), escribió dos cartas para la *Brief-Aktion*.

Pero ¿de qué se trata exactamente? En primer término, es necesario decir que en el lugar de destrucción que fue Auschwitz esa correspondencia no era normal. Incluso el término *correspondencia* no es apropiado. Lo que es cierto es que los deportados escribían bajo la presión de los nazis, para tranquilizar a sus familiares y ocultar el horror del campo, al tiempo que revelaban a sus verdugos las direcciones de los judíos que aún no habían sido encontrados. (Isaak Golsztajn tuvo la presencia de ánimo de no escribir directamente a su mujer, sino a amigos no judíos que se lo comunicaron a ella). Además, el contenido de las cartas, que debían estar escritas en alemán, no podía incluir ninguna información personal. De hecho, están llenas de fórmulas vacías: «estoy bien», «todo marcha bien», «gozo de buena salud», etcétera.

Por lo tanto, la «Operación Cartas» fue solo una acción de propaganda, y arroja más luz sobre la perversidad de la maquinaria de muerte nazi. Los deportados escribían que estaban bien en el momento en que los capturaban. Sus «buenas noticias» anunciaban que pronto no habría más noticias. La ilusoria cercanía con la familia confirmaba la separación definitiva. La prueba de la vida escondía el secreto de la muerte próxima.

Las cartas arrojaban una breve luz sobre estas vidas, y luego caía la oscuridad. Para conjurar el proceso de aniquilación, Karen Taieb luchó por dar una identidad a algunos de los deportados a Auschwitz: Lucien Bloch, soltero de 36 años nacido en Haguenau, que permaneció muy cerca de sus padres, evacuados de Alsacia a la Dordoña; Berthe Falk, una química de Galatz,

Rumania, que fue enviada a un *kommando* disciplinario por haber escrito un texto en el que evocaba la derrota de Alemania.

Estos retazos de existencia son un magro consuelo. Sin embargo, este trabajo de historia y memoria es necesario. Gracias a los documentos que saca a la luz, Taieb nos permite acercarnos a zonas de la Shoah aún desconocidas, al tiempo que nos recuerda el destino de las personas que fueron engullidas por ella.

*

Hace unos años recibí un mensaje de Karen Taieb que decía: «Tengo algo que podría interesarte». Cuando me reuní con ella una semana después en su despacho del Memorial de la Shoah, me mostró varios documentos relacionados con la *Brief-Aktion*. No hace falta decir que me conmovió profundamente, como cada vez que me enfrento con archivos sobre desapariciones. En relación con la investigación que realicé sobre mis abuelos hace diez años, el trabajo de Karen Taieb me permitió rectificar un error y reparar un descuido.

El error se refiere a uno de los testimonios más conmovedores escritos en Auschwitz (obviamente no en el contexto de la *Brief-Aktion*): la carta de un miembro del *Sonderkommando** fechada el 6 de noviembre de 1944 y enterrada cerca del *Krematorium* II de Birkenau, donde fue encontrada tras la liberación del campo. El hombre, un judío polaco deportado desde Drancy en el convoy número 49 y que firma como «Hermann», relata su trabajo esclavizado en las cámaras de gas, antes de dirigir un «adiós supremo» a su mujer y a su hija, al día siguiente de la revuelta del Sonderkommando.

---

* Los Sonderkommandos o «comandos especiales» eran unidades de trabajos forzados conformadas por prisioneros judíos (adultos, varones) de los campos nazis. Los seleccionaban para trabajar en las cámaras de gas y en los crematorios de los campos de concentración nazi. Su principal función era procesar los miles de cadáveres y deshacerse de sus cuerpos. [*N. de la t.*].

En *Histoire des grands-parents que je n'ai pas eu (Historia de los abuelos que no tuve)*, atribuí la autoría de la carta a Chaïm Herman, siguiendo las pautas del análisis de Ber Mark en su libro *Des voix dans la nuit. La resistence juive à Auschwitz* («Voces en la noche. La resistencia judía en Auschwitz») (1977). Pasé por alto la rareza de que un condenado a muerte firmara su carta de despedida con su apellido. Gracias a la meticulosa investigación de Karen Taieb, ahora sabemos que el autor de esta carta no fue Chaïm Herman, sino Hersz Strasfogel, a quien se le solía llamar «Hermann», que fue deportado también en el convoy número 49. Chaïm Herman y Hersz-Hermann Strasfogel compartieron la misma desgracia: el exilio de Polonia, la clandestinidad en París, pequeños trabajos miserables, luego la guerra y la detención.

Karen Taieb también me reveló la existencia de un archivo que desconocía cuando escribí mi libro. Este archivo, una modesta ficha elaborada por la UGIF, demuestra que Matès Jablonka, mi abuelo, deportado con mi abuela en el convoy número 49, también escribió desde Birkenau bajo la *Brief-Aktion*. Su carta, que no se ha encontrado, se entregó en octubre de 1943 a Constant Couanault, a quien había confiado sus hijos (mi padre y mi tía) y que se convirtió en su tutor después de la guerra. La respuesta de Couanault se envió a Auschwitz en diciembre del mismo año. No sabemos qué fue lo que escribió mi abuelo, a quien probablemente solo le quedaban unos meses de vida. Tal vez, como todos, escribió: «Estoy bien».

Este prefacio me da la oportunidad de agradecer a Karen Taieb su atención hacia mí, sus descubrimientos y el libro que ha escrito.

IVAN JABLONKA

INTRODUCCIÓN

Más de setenta años después de la liberación de los campos de exterminio, la Shoah, es decir, el exterminio de los judíos de Europa por parte de los nazis, aún no ha develado todos sus misterios.

Para el historiador, la correspondencia es un objeto curioso, que representa la expresión más simple de la vida cotidiana, pero también un vínculo precioso, el último, aunque sea tenue, que nos une a un ser querido. Estas líneas, trazadas en papel de mala calidad, leídas y releídas docenas, cientos de veces, mantenían viva la esperanza, sobre todo si procedían de lugares en los que uno no imaginaba que fuera posible escribir, por personas excluidas en teoría de cualquier contacto con el mundo exterior. Pero, como en el caso de las cartas escritas durante la redada del Velódromo de Invierno, hubo excepciones.

La actualización en 2018 de un archivo por parte del Servicio Histórico de la Defensa (SHD) de Vincennes ha permitido descubrir, por sorprendente que parezca, que entre septiembre de 1942 y julio de 1944 se escribieron cerca de cinco mil cartas de deportados judíos de Francia, condenados a la aniquilación, desde campos de exterminio de los que nada se sabía y de los que no debían volver. Se sabía de la existencia de algunas de esas cartas, pero no se conocía su importancia.

Aún más extraordinario es el hecho de que las cartas las enviaron los prisioneros de forma oficial, bajo la presión nazi, como parte de una vasta operación de propaganda conocida como *Brief-Aktion*: Operación Cartas. Esto consistía en hacer que los deportados escribieran misivas a sus familiares o amigos para tranquilizarlos sobre su destino. Su contenido era breve, escrito en alemán y no debía dar ninguna información personal. La fórmula estándar solía ser unas pocas palabras: «Estoy en un campo de trabajo y estoy bien», con algunas variaciones aquí y allá. Pocos supervivientes dieron testimonio de esta incongruencia, con la notable excepción de Simon Laks,* que escribió sobre este episodio con cierta extensión en sus memorias:

> Hacia finales de 1943, cuando ya llevaba más de un año y medio en el campo, las autoridades del lugar, por primera vez, nos dieron permiso a los prisioneros judíos para enviar una postal a nuestras familias. (A los no judíos se les permitía mantener una correspondencia regular con sus familias y recibir paquetes de comida). A cada uno nos dieron una tarjeta para enviar. Nos dijeron que no se trataba tanto de un «permiso» como de una orden oficial, cuya ejecución sería escrupulosamente controlada, y la negativa a obedecer, castigada con severidad. Y lo que significaba en el campo «ser castigado» lo sabíamos muy bien. Las tarjetas debían rellenarse y devolverse al día siguiente antes de pasar lista por la mañana. Se celebraron acalorados debates en pequeños grupos para decidir lo que íbamos a hacer. Escribir a nuestras familias significaba traicionar el paradero de sus hogares, o más bien de sus escondites, y no cabía duda de que el propósito de esta aparente «gracia» por parte de las autoridades era descubrirlos. Tampoco era cuestión de no escribir:

---

* Nacido en Polonia en 1901, compositor e intérprete desde 1926, Simon Laks fue detenido el 14 de mayo de 1941 en París por ser un judío extranjero. Trasladado a Beaune-la-Rolande, donde se le destinó a la granja de Rosoir, en Sologne, permaneció allí hasta el mes de julio. El 13 de julio de 1942, lo llevaron de vuelta a Pithiviers y lo deportaron cinco días más tarde en el convoy número 6 a Auschwitz-Birkenau, donde se le asignó el número 49 543. Luego lo trasladaron a los campos de Orianenburg, Sachsenhausen, Kaufering (kommando de Dachau), antes de ser liberado y regresar a Francia vía Sarreguemines el 24 de mayo de 1945.

eso era una muerte segura. Por ello, la mayoría de los presos decidieron dirigir sus cartas a personas imaginarias en lugares aleatorios. Otros cumplieron obedientemente la orden, asumiendo que se trataba de un truco estratégico de los alemanes para mostrar al mundo que los deportados judíos estaban bien y trabajaban con normalidad. [...] Estaba muy angustiado. Cuando me deportaron de Francia, mis hermanos se encontraban en la zona libre, ahora ocupada en su totalidad por el ejército alemán. No sabía si habían cambiado de dirección y se habían ido a otro país. Por otro lado, no podía dejar escapar esta oportunidad incierta, pero única, de intentar informar a mi familia de que estaba vivo, en condiciones que no eran las peores. Tras sopesar cuidadosamente los pros y los contras, decidí escribir a unos amigos polacos (arios) que vivían en París: «Estoy en forma y sano y ejerzo mi profesión». En ese momento, esa era la verdad. Como compositor y violinista, quería hacerles entender que no estaba tan mal y que tenía un trabajo que no era demasiado duro. Esperaba que mis amigos se las arreglaran para transmitir esta «buena noticia» a mi familia. Cuando regresé a París después de la liberación, me enteré de que mi carta había llegado a sus destinatarios en un tiempo relativamente corto, y que estos habían transmitido su contenido a mi familia. Pero nadie había creído que estuviera «ejerciendo mi profesión». Todos estaban convencidos de que solo lo había escrito para tranquilizarlos sobre mi destino.[1]

En los archivos, podemos ver que la tarjeta de Simon Laks se envió.[2] Sus fechas de internamiento y deportación se indican correctamente. La carta iba dirigida a la señora Anne Radlinska, 38 bis de la rue Boulard, en el distrito XIV de París. Llegó el 9 de marzo de 1943 y tiene el número 417. Una segunda carta llegó el 12 de octubre de 1943 (número 1 124), una tercera el 29 de noviembre de 1943 (número 3 042) y una cuarta el 27 de marzo de 1944 (número 3 637). Por sorprendente que parezca, Simon Laks no mencionó en su testimonio las otras cartas que escribió, ni tampoco las 16 respuestas que se le enviaron.

*

En general, la *Brief-Aktion* no es muy conocida y ha sido poco documentada. No sabemos quién tuvo la idea, qué servicio organizó las disposiciones prácticas ni su alcance geográfico exacto. Estas cartas no han sido estudiadas de forma particular por los historiadores del Holocausto. En el capítulo dedicado a Antonina Pechtner en mi libro *Je vous écris du Vél' d'Hiv* («Te escribo desde Vél' d'Hiv»), en el que se reproducía la carta escrita por Antonina, interpreté que ella había sido capaz de «arreglárselas» para dar noticias a su familia. No fue así, y ahora sé que esta tarjeta se envió como parte de la *Brief-Aktion*.

Uno también se pierde en conjeturas sobre los propósitos esperados de esta operación. ¿Se pretendía pacificar a los países de Europa Occidental y conservar la calma en los campos de tránsito como el de Drancy manteniendo rumores tranquilizadores sobre el destino final de los deportados? Esto es plausible. ¿Se trataba de una verdadera acción propagandística para mostrar al mundo que los judíos deportados al Este no eran maltratados o, como pensaban los propios deportados, que era una forma artera de revelar los escondites de los judíos que habían escapado a las redadas? Hoy en día no lo sabemos. Nuestros conocimientos se basan principalmente en el estudio de las misivas.

Se planteó la cuestión de si este «privilegio» era generalizado o se reservaba para unos «pocos elegidos» de acuerdo con criterios desconocidos. Por desgracia, sobre este punto, las familias que escribieron a sus parientes no nos dan mucha más información. Simon Laks, miembro de la orquesta y a quien ya mencioné, especuló que pudo escribir gracias a esta posición «privilegiada».

Un estudio del perfil de los demás autores de las cartas muestra que no es así. A partir de las pruebas disponibles, parece tratarse más bien de una agenda aleatoria. Las tarjetas se distribuyeron en fechas concretas, sin que hoy se sepa si fue una organización planificada o una decisión arbitraria. Si un deportado estaba presente ese día, estaría entre los «elegidos». En la poca literatura dedicada al tema se puede leer que los autores de estas cartas no tenían número de registro, pues se trataba de personas que no entraban en el campo, sino que eran directamente exterminadas. Una vez más, parece que esta afirmación es falsa. Se sabe que algunos de ellos ingresaron al campo y, por lo tanto, fueron registrados.

Aunque no se conocen las verdaderas intenciones de esta operación, es claro que los nazis montaron un amplio camuflaje. Como el número de identificación nunca aparece en las cartas, y rara vez aparecen fechas en ellas, debemos fijarnos en las direcciones. En primer lugar, el término *Arbeitslager Birkenau*: este nombre no existe. Hasta 1943, Birkenau tenía el estatus de *Kriegsgefangenenlager* (KGL, campo de prisioneros de guerra). Luego se convirtió en un *Konzentrationlager* (KL, campo de concentración), pero nunca se llamó *Arbeitslager* (campo de trabajo). Esto evidencia un intento deliberado de engañar.

Hay otro punto notable. La mayoría de las cartas está escrita por deportados de los campos de Auschwitz-Birkenau y sus kommandos. Sin embargo, las direcciones dadas rara vez mencionan su conexión con el campo de Auschwitz. Siempre se presentan como campos de trabajos forzados independientes, sin dejar ver nada de la compleja estructura de Auschwitz.*

---

* El complejo Auschwitz (Konzentrationslager Auschwitz, en alemán) estaba conformado por varios campos de concentración y exterminio de la Alemania nazi, e incluía a Auschwitz I, el campo original; Auschwitz II (Birkenau), campo de concentración y exterminio; Auschwitz III (Monowitz), campo de trabajo para uso exclusivo de la empresa IG Farben, así como 45 campos satélites más. Se situó

En total, casi setenta y seis mil judíos fueron deportados de Francia en la aplicación de la Solución Final. Sabemos que, de este número, unos veinticinco mil hombres y mujeres pasaron la prueba de «selección» tras su llegada en el convoy. Un estudio del archivo de la UGIF permite identificar a 2 889 autores, es decir, algo menos de 12% del número de deportados seleccionados para trabajar. Este hallazgo sugiere que hubo un deseo de ocultar, con el tiempo, la realidad de lo que ocurría en los campos. Las mujeres están poco representadas, solo 327 pudieron ser identificadas por sus nombres de pila, y escribieron desde los campos de Birkenau, Theresienstadt, Bergen-Belsen y Lublin. Muchas de las cartas proceden de los kommandos del campo de Auschwitz, donde no había mujeres.

*

El componente clave de la *Brief-Aktion* en Francia fue la Unión General de Judíos de Francia (UGIF). Creada a instancias de los nazis por la ley francesa del 29 de noviembre de 1941, su objetivo era representar a la comunidad judía residente en Francia, ya que todas las obras sociales israelitas anteriores fueron disueltas e integradas en la UGIF. Su función se limitaba a tareas de asistencia y sus administradores eran nombrados por el Comisariado General para Asuntos Judíos (CGQJ). La sede de la UGIF de la zona norte se encontraba en la rue de la Bienfaisance de París, y las de la UGIF de la zona «libre» en Marsella y Lyon. Detrás de la fachada oficial se creó una rama clandestina con actividades de rescate. Pero con el paso del tiempo las tareas de la organización se hicieron cada vez más difíciles tras las detenciones de su personal y sus dirigentes. Prácticamente desorganizada en el momento del des-

---

en Oświęcim, a tan solo 43 km de Cracovia, y fue el mayor centro de exterminio durante el régimen nazi. [*N. de la t.*].

embarco aliado en junio de 1944, la UGIF se disolvió de forma oficial el 12 de septiembre de ese año.

Gracias al SHD, que se dedicó a la reconstrucción de un archivo elaborado por la UGIF, cuyos elementos se encontraban diseminados en los expedientes individuales de las víctimas de la deportación, estos documentos resultaron ser una fuente decisiva para comprender el circuito seguido por esta correspondencia enviada desde los campos a Francia en el marco de la *Brief-Aktion*.[3]

Los documentos tienen forma de tarjetas postales de tamaño estándar, aunque las primeras cartas estaban escritas en trozos de papel de diversos tamaños y formas. En el anverso de las tarjetas hay espacios para escribir los nombres y direcciones del remitente y del destinatario. Entre las instrucciones que se dieron a los deportados destaca la obligación de escribir en alemán y de decir poco sobre sus condiciones. Las cartas rara vez están fechadas, a veces llevan un sello en el anverso de la tarjeta, pero siempre hay un número escrito con lápiz rojo en la esquina superior derecha, un número que, hasta hace poco, no se sabía cuándo ni quién lo había puesto. Por último, la mención «*Rückwort nür über die Reichvereinigung der Juden in Deutschland, Berlin Charlottenburg 2, Kanstrs. 158*»,* dando instrucciones para la respuesta, aparece en algunas ocasiones. La mayoría de las tarjetas se enviaron desde el campo de Birkenau, algunas con un sello de Berlín.

Todo el correo se enviaba a la UGIF, que se encargaba de centralizarlo y procesarlo antes de remitirlo al destinatario. La gestión de este volumen de tarjetas era responsabilidad del servicio número 36, el «servicio de correspondencia y búsqueda de familiares», que se encontraba en el número 4 de la rue Jean-Baptiste Pigalle, en el distrito IX, que primero se ubicó en la calle de Teherán, en el distrito VIII. Tan pronto como

---

* Responder únicamente a través de la Asociación de Judíos de Alemania.

se recibían, las cartas eran registradas, con lo que se creaba un expediente, mismo que se ha reconstituido. A cada tarjeta se le asignaba un número que correspondía a un número de orden, luego se registraba el nombre y la ubicación en el campo del remitente, a veces su «dirección» en el campo, y el nombre y la dirección del destinatario. Por último, se expedía la tarjeta, acompañada de una carta estándar en la que se indicaba el procedimiento para responder a la misma. En ocasiones no era posible entregar la misiva al destinatario, fuera porque no se encontrara en el domicilio indicado o porque fuera ilegible. La UGIF utilizaba entonces su órgano de prensa, el boletín de Información de judíos,[4] para comunicar y publicar los nombres de los remitentes y destinatarios. Así, la primera lista apareció en el boletín número 52 del 15 de enero de 1943 y se presentó de la siguiente manera:

> AVISO IMPORTANTE. Tenemos en nuestro poder la correspondencia de los judíos que figuran a continuación, que se encuentran actualmente en un campo de trabajo en Birkenau (Alta Silesia) y a cuyas familias no hemos podido localizar. Las cartas pueden recogerse, con un documento de identidad, en nuestra oficina número 36: 19 de la rue de Téhéran, París VIII, todos los días de 10 a 12 y de 14 a 17 horas, excepto los sábados y domingos por la tarde.

Esta primera lista fue corta y solo contenía 16 nombres de personas que fueron deportadas desde Francia en los convoyes del 27 de marzo de 1942 (el primero) al 28 de septiembre de 1942 (el número 38). La misma lista se publicó con regularidad hasta el boletín del 19 de febrero. Tras unas semanas de interrupción, las publicaciones se reanudaron con periodicidad semanal a partir del número 62 (del 26 de marzo de 1943). En el número 66 la lista, que ahora incluía 87 nombres, se publicó incluso en primera página. No hubo más publicaciones hasta el boletín número 92, fechado el 29 de octubre de 1943: a partir de entonces estaban numeradas y mostraban el número de registro asignado a cada carta. Las listas 1 a 5 se publicaron en los números 92 a 96, es decir, del 29 de octubre al 19 de noviembre de 1943, la lista 6 el 17 de diciembre y la lista 8 el 4 de febrero de 1944. Después de esta fecha no se publicó nada más. Solo se hizo una mención a las cartas en el número 116 del 21 de abril de 1944 y se refería a las condiciones que se aplicaban a las respuestas.

Se invitaba a los interesados a acudir a la oficina de la UGIF con un documento de identidad para recibir la carta. Y cuando la UGIF no podía expedir la misiva debido a una dirección ilegible, el propio jefe del servicio, Kurt Schendel, escribía una nota mecanografiada al deportado en la que le explicaba que la correspondencia enviada al señor X no podía entregarse y lo invitaba a proporcionar otra dirección.

La investigación sobre la gestión de la operación en el campo de origen no ha sido hasta ahora concluyente. Las pocas publicaciones que mencionan estas cartas no son muy precisas en cuanto a los detalles prácticos. Solo sabemos que fueron escritas desde los campos de Birkenau, Auschwitz y sus kommandos, como Jawischowitz, Jaworzno, Gleiwitz, Monowitz, pero también desde Bergen-Belsen, Theresienstadt e incluso Lublin-Majdanek.*

El correo llegaba a la oficina de la rue Jean-Baptiste-Pigalle en paquetes; gracias al análisis del archivo que indica la fecha de recepción es posible identificar grandes envíos: el 8 de marzo de 1943 se registraron 435 cartas, 291 el 12 de octubre, 417 el 25 de octubre, 289 el 29 de noviembre y 450 el 27 de marzo de 1944. En total, cerca de cinco mil cartas pasaron por las oficinas de la UGIF entre septiembre de 1942 y julio de 1944, es decir, pocas semanas antes del final de la Ocupación en Francia. La fecha de recepción no está vinculada a la fecha de deportación

---

* Véase la gráfica del Anexo, p. 209.

de su autor. Así, las cartas que llegaron a París el 4 de enero de 1943 fueron escritas por deportados de los convoyes de marzo, junio, julio, agosto y septiembre de 1942. Como la fecha rara vez aparece en las propias cartas, la recepción de una carta no constituía prueba de vida de su autor.

Además de la publicación en el boletín, la información circulaba entre los judíos detenidos e internados. Un estudio del archivo conservado en la DAVCC menciona que las primeras cartas que llegaron se registraron el 24 de septiembre de 1942, pero ya se había corrido la voz entre los internos. Así, el 23 de septiembre de 1942, en la carta que lanzó desde el convoy de deportación, Benjamin Schatzman* mencionó la llegada de mil cartas a la UGIF.[5] George Joffé también lo menciona en su carta del 28 de enero de 1943: «Recibimos la lista de cartas que llegan a la UGIF».

Georges Wellers** también testifica:

A principios de enero de 1943 se supo que la UGIF había recibido un centenar de cartas enviadas a los familiares por algunos deportados que habían salido de Drancy entre el 22 de junio y el 20 de septiembre de 1942. El 15 de enero tres de estas misivas llegaron al propio campo, ya que los destinatarios se encontraban allí. Estas tres cartas procedían del Arbeitslager de Birkenau en la Alta Silesia (que era el verdadero nombre de Pitchipoï) [...]. Todo estaba mal con esta historia de las cartas: ningún judío estaba bien en Birkenau

---

* Benjamin Schatzman nació el 5 de enero de 1877 en Toulcha (Rumania). Dentista en París, fue detenido el 12 de diciembre de 1941. Internado sucesivamente en los campos de Compiègne-Royallieu, Drancy, Pithiviers y Beaune-la-Rolande, al final fue deportado del campo de Drancy en el convoy número 36 el 23 de septiembre de 1942.

** Georges Wellers nació el 24 de enero de 1905 en Koslov, Rusia. Fue detenido el 12 de diciembre de 1941, internado sucesivamente en los campos de Compiègne-Royallieu y Drancy, y al final deportado tres años después en uno de los últimos convoyes, el 30 de junio de 1944. Volvió de la deportación.

y nadie podía tener ninguna de sus pertenencias. [...] Pero en Drancy, todas estas cartas causaron una muy buena impresión.[6]

La información también circuló entre otras organizaciones de asistencia, como la de la «rue Amelot». En efecto, en los archivos de esta asociación, que se ocupaba principalmente de la gestión de los comedores para los judíos más desamparados, encontramos listas de remitentes de cartas, organizadas por destinatarios en París y destinatarios en las provincias.

*

Si resulta sorprendente descubrir que se pudieron enviar cartas desde los campos de concentración y los centros de exterminio, es aún más sorprendente saber que se puso en marcha un procedimiento para permitir las respuestas. Al igual que las cartas recibidas, debían estar escritas únicamente en alemán y entregarse a la UGIF. El correo devuelto también era sellado por el servicio número 36: se colocaba un sello en la carta cada vez que se enviaba una respuesta. La comparación del archivo de cartas recibidas con el de cartas enviadas muestra la regularidad con la que las familias mantuvieron correspondencia con su familiar deportado. Mientras que algunos destinatarios escribían con gran constancia, cada 15 días, como estaban autorizados a hacerlo, otros no respondían o solo lo hicieron en una única ocasión. Dejaban de escribir desanimados por la falta de noticias o porque ellos mismos habían sido detenidos y deportados. Unos cientos de cartas no pudieron ser entregadas a sus destinatarios, por lo que la UGIF las conservó junto con la ficha. Después de la guerra, algunas fueron devueltas a su destinatario o a la familia del autor de la carta. La ficha de la UGIF llevaba la indicación «Remitido al liquidador de la UGIF el 22/11/44 para su transmisión a los destinatarios». Las 250 cartas no entregadas siguen hoy en los archivos del SHD.

*

Aunque las cartas y postales escritas en el contexto de la *Brief-Aktion* son interesantes por lo que nos dicen sobre el funcionamiento del aparato nazi, desgraciadamente son bastante pobres en cuanto a información sobre los deportados y sus condiciones de vida. Un segundo corpus de cartas, escritas de forma clandestina por los deportados, es en cambio una fuente muy interesante sobre la vida en el campo.

Sin embargo, el término *cartas clandestinas* no es del todo apropiado, ya que la ruta que seguía esta correspondencia era del todo oficial. Estas cartas eran clandestinas solo en la medida en que su autor se escondía bajo el nombre de un preso que no estaba sometido al mismo régimen de detención, es decir, los presos políticos o los que debían realizar trabajos obligatorios. Negociando con un compañero de prisión que le sirviera de apoderado, algunos judíos de Francia deportados pudieron dar noticias a sus familias, pero también recibir cartas, paquetes y giros postales para mejorar su vida cotidiana, a cambio de una contribución económica o material. Estas misivas también tenían la particularidad de ser bastante largas, con conmovedoras expresiones de afecto del prisionero preocupado por la suerte de su familia en Francia. De igual forma, revelaban angustias, como el frío, el hambre, y lo que no se podía decir con claridad, pero se adivinaba entre líneas, cuando algunos presos utilizaban un lenguaje codificado para hacerse entender.

*

Por último, en 1945 también se enviaron cartas de los sobrevivientes que, al ser liberados de los campos, pudieron enviar a sus familias pruebas de su supervivencia. A menudo demasiado débiles y enfermos para ser repatriados con rapidez, aprovecharon su nueva libertad y la compañía del Ejército Rojo o de los soldados franceses que pasaban por allí para escribir una carta en las horas o días siguientes a su liberación, dando así un testimonio único y conmovedor del infierno que acababan de pasar, aunque algunos de ellos no tuvieron la suerte de volver a ver Francia.

Estas cartas, escritas sobre la marcha, con los medios a menudo irrisorios de que disponían, al final de una larga pesadilla en el campo de concentración, a veces con prisas, y ya sin censura administrativa, nos hablan de los sentimientos ambivalentes de los supervivientes. Por supuesto, estaba la alegría de haber sobrevivido, la legítima preocupación por la suerte de los que quedaron en casa, pero, sobre todo, la impaciencia por reunirse con sus seres queridos lo antes posible, lo que no era poco en una Europa abandonada al caos y la desorganización. También había esperanza de una vida mejor, comentarios divertidos sobre los soldados rusos, sus liberadores, a los que adulaban y agradecían de forma enfática, preguntas sobre el infierno carcelario, así como una comprensible rabia hacia sus carceleros y el crudo odio a Alemania, que tendría que pagar por sus crímenes. Estas últimas cartas ofrecen un arcoíris de emociones tanto más raro cuanto que es inmediato antes de su regreso a un país que celebraba el fin de la guerra y quería darle vuelta a la página de esos años de miseria.

Y luego, ¿cómo contar lo indecible a los familiares? ¿Cómo expresar el horror de estos campos a los hermanos, a los hijos, a los padres que no tenían idea del infierno de los campos de concentración creados por los nazis? Esta es también la terrible observación en estas cartas. Muchos de los que las heredaron no sabían nada de su origen ni de las condiciones en que fueron escritas, que rara vez fueron mencionadas por sus padres. Esto hace que su descubrimiento, archivo, preservación y publicación sean aún más esenciales, ya que ofrecen un material único y auténtico sobre la Shoah, que ningún documental, ninguna imagen podría restituir con tanta precisión y espontaneidad.

NOTA LIMINAR

En la medida de lo posible, en la transcripción se ha respetado la ortografía de las cartas. No obstante, para garantizar una mejor comprensión, la autora y su editor han realizado pequeñas correcciones ortográficas y tipográficas. Las palabras entre paréntesis (…) son las de los autores de las cartas. En algunos casos se han realizado recortes que se indican entre corchetes, de este modo: […]. También se indican las intervenciones de la autora o el editor. En algunos casos la mala calidad del soporte y las inclemencias del paso del tiempo han dificultado la lectura de algunas palabras. Las partes abiertas a interpretación aparecen en cursiva y también entre corchetes, como sigue: [*ilegible*].

PRIMERA PARTE

LA *BRIEF-AKTION*

Privados de todo, acosados por el hambre y el frío, y destinados a la aniquilación, algunos judíos deportados a Auschwitz pudieron mantener correspondencia con sus seres queridos que habían permanecido en Francia, situación del todo contraria a la doctrina nazi que consistía en hacerlos desaparecer sin dejar rastro.

Desde 1942 hasta el verano de 1944 se intercambiaron casi cinco mil cartas entre Francia y Alemania, lo que permitió a tres mil corresponsales identificados mantener un vínculo, aunque frágil, con su país de origen.

Hay muchas zonas grises en torno a la *Brief-Aktion*. ¿Propaganda dirigida a la opinión pública? ¿A la Cruz Roja? ¿Se hizo para acallar los rumores que empezaban a circular sobre los campos de exterminio? ¿Fue un método para identificar a otros judíos para su detención? No lo sabemos, aunque la probabilidad de una operación de propaganda es la más aceptada.

El hecho es que la realidad de los campos de exterminio debía permanecer oculta hasta en la dirección. En estas cartas solo se mencionan los «campos de trabajo». Para los deportados que pudieron mantener una correspondencia, lo que predominó fue la desconfianza. Escribir a su familia en Francia significaba dar a sus verdugos la dirección de sus familiares y condenarlos también a muerte. La mayoría de los deportados enviaban sus cartas a amigos de confianza, en especial a los «arios», que podían transmitirlas con seguridad.

Aunque hoy pueda parecer increíble en el contexto de los campos de concentración nazis, tenemos pruebas de que estas cartas salieron de Auschwitz, que llegaron a Francia y que se enviaron respuestas. Así lo demuestra la historia de Hersz Strasfogel, que el lector descubrirá en las siguientes páginas.

A pesar de que la correspondencia entre los deportados y Francia, en el marco de la *Brief-Aktion*, era en extremo restringida, ya que solo aportaba noticias breves destinadas a tranquilizar a las familias, algunos deportados aprovecharon las lagunas del montaje inicial de esta operación de propaganda para tomarse algunas libertades en cuanto a las instrucciones y escribir cartas más largas y con menos formato de lo previsto. Esta breve ventaja no duró. Es el caso de la conmovedora y singular carta de Sylvain Bloch a su familia, una de las primeras de la *Brief-Aktion* que llegó a París en enero de 1943, en la que se preocupa por la salud de los suyos y les da consejos: «Sobre todo, pon atención y escucha atentamente lo que dice tu madre», escribió a su hija. Otras, como Berthe Falk, detenida durante la redada del Velódromo de Invierno y deportada poco después, no ocultan la felicidad que le produce recibir estas cartas de Francia: «Todo lo que viene de ustedes me hace feliz», escribe, encantada de tener noticias de sus seres queridos.

Para algunas familias, estas cartas, por breves que fueran, eran los únicos testimonios que quedaron de un padre, una madre o incluso un hijo desaparecido en los campos, y se han conservado cuidadosamente. Tal fue el caso de los hermanos Marcel y Simon Aptekier. Ambos nacieron en Polonia en 1920 y 1921, poco antes de que sus padres emigraran a Francia. Detenido en 1941, Simon consiguió escapar y se unió a la Resistencia, mientras que su hermano mayor fue detenido y deportado a Auschwitz al año siguiente. En general, la existencia de estas cartas, con las fechas de salida y llegada registradas por la UGIF, dejan saber si un deportado pudo pasar la temida «selección» justo después de la llegada de su convoy a Auschwitz.

Estas cartas, aunque modestas, permiten comprender mejor el trágico destino de estos prisioneros.

Esta correspondencia ha llegado hasta nosotros a través del tiempo. En las siguientes páginas presentamos nueve itinerarios de deportados. Estas cartas fueron elegidas por lo que nos dicen sobre el funcionamiento de esta operación de propaganda, tanto en Francia, a través de la UGIF, como en los campos de Alemania.

Cuatro de estos deportados, judíos nacidos en Francia, procedentes de Polonia o Rumania, algunos de ellos implicados en la Resistencia, regresaron; para los cinco restantes, estos son sus últimos rastros de vida. Estas historias nos permiten comprender mejor cómo fue la *Brief-Aktion* en Francia, pero también nos dan la oportunidad de honrar la memoria de estos hombres y mujeres.

HERSZ-HERMANN STRASFOGEL

Si hoy sabemos que los deportados judíos podían escribir a sus familias en Francia, nos sorprende descubrir que un deportado en Birkenau recibió respuesta a la carta que escribió. Este es el caso de Hersz Strasfogel, cuya historia es especialmente extraordinaria.

Es febrero de 1945, unas semanas después del descubrimiento de los campos de Auschwitz y Birkenau por parte de las tropas soviéticas. Un equipo de la Cruz Roja polaca de Cracovia, que trabaja en el hospital instalado en el campo principal de Auschwitz I, se dirige al emplazamiento del campo de Birkenau. Entre ellos se encontraba un estudiante de medicina de Varsovia de nombre Andrejz Zaorski,* quien halló, cerca de las vías del tren, entre las cenizas del crematorio, una botella de medio litro cuidadosamente sellada. En marzo de 1971 informó al Museo de Auschwitz sobre las condiciones de este descubrimiento:

> Abrí la botella y extraje unas hojas de papel a cuadros perfectamente conservadas. Las hojas estaban dobladas y tenían forma de carta. En la hoja exterior, que era una especie de sobre improvisado, estaba asentada la dirección de la Cruz Roja Polaca. Solo en el

---

* Andrejz Zaorski nació en Varsovia el 22 de marzo de 1923, su padre era cirujano y su madre era hija de un médico. Como estudiante de medicina, solicitó a la Cruz Roja polaca trabajar en el recién liberado campo de Auschwitz y establecer allí un hospital. Más tarde se convirtió él mismo en cirujano. Falleció el 2 de junio de 2014.

interior de la carta había una segunda dirección; esta vez se trataba del destinatario real en Francia. Y como la carta estaba doblada y envuelta en papel y no en un sobre, la desenrollé y encontré varias hojas con texto manuscrito en francés. Era una carta para su esposa, que, según se deducía por el domicilio, estaba en Francia. El autor de esta carta describía su horrible destino y todo lo que había vivido mientras trabajaba en el crematorio, después de haber sido asignado por los alemanes al equipo del crematorio. Dijo que con seguridad sería asesinado como todos sus colegas y predecesores asignados al mismo trabajo. No tenía ninguna esperanza de volver a ver a su mujer. Le dejó disposiciones para la vida después de la guerra. Le pidió que no volviera nunca a Polonia.[1]

El documento manuscrito, descrito con precisión por Zaorski, fue transmitido en marzo de 1945 a las autoridades francesas en Varsovia. Aunque Zaorski mencionó en su testimonio la existencia de dos direcciones, parece que se han perdido. Para hacer llegar la carta original a su destinatario, el Ministerio de Veteranos y Víctimas de Guerra de la República Francesa tomó la iniciativa de transmitir una copia de la transcripción mecanografiada a la *Amicale des anciens déportés d'Auschwitz* (Amigos de los Veteranos Deportados de Auschwitz) de París, que, en su boletín número 19 de enero-febrero de 1948, publicó un extracto de la segunda página del texto, precedido de la siguiente introducción:

Publicamos a continuación una carta que nos ha copiado el Ministerio de Asuntos de los Veteranos. Esta misiva fue hallada en una botella enterrada cerca del crematorio 2 de Birkenau. Está firmada por Hermann y el firmante fue deportado el 2 de marzo de 1943 desde Drancy. No hemos publicado los pasajes estrictamente personales, pero queremos señalar que esta carta está dirigida a la señora Hermann y a su hija Simone, y que también se mencionan los nombres de los señores Riss, Vanhems, Martinelli, David Lahana y Yacoel. Las investigaciones llevadas a cabo por el Ministerio para encontrar a la familia Hermann y a las personas mencionadas no han dado hasta ahora ningún resultado. Agradeceremos a quienes puedan ayudarnos en nuestra búsqueda que se pongan en contacto lo antes posible.

La *Amicale* interpretó entonces de forma errónea la carta como dirigida a la esposa y la hija del autor, pero en ninguna parte dice que Hermann sea su apellido. Sabemos que los destinatarios están identificados y que la carta les fue entregada en marzo de 1948. Permaneció conservada con celo, hasta que salió a la luz setenta años después, en 2018.

De forma paralela, en la década de 1960, se entregó una copia de la versión mecanografiada al Museo de Auschwitz. Parece que fue en ese momento cuando la carta se atribuyó a un tal «Chaïm Herman». *A priori*, solo la firma «Hermann» al final de la carta servía para identificar al autor, quien mencionaba que había sido deportado de Francia y especificaba la fecha. A continuación se buscó en la lista de deportaciones del convoy número 49, en la que solo figuraba un deportado llamado Herman, Chaïm Herman. Por lo tanto, el texto se le atribuyó de forma automática.[2] Como era soltero y sin hijos, nadie, ni siquiera un amigo o conocido, se presentó a cuestionar esta declaración. Por lo tanto, el error se reprodujo cada vez que se publicó el texto de la carta. *De facto*, el único manuscrito escrito en francés por un miembro del Sonderkommando de Birkenau pasó a la historia como un texto escrito por «Chaïm Herman».

Hoy sabemos que el autor de la carta dirigida a su esposa e hija firmaba naturalmente con su nombre, no con su apellido. Pero no era posible adivinar que Hersz Strasfogel se hiciera llamar «Hermann» y que el nombre de su hija, Sima, se hubiera afrancesado a «Simone».

Para colmo, hay muchas similitudes entre los dos hombres. Al igual que Chaïm Herman, Hersz Strasfogel nació en Varsovia el 16 de diciembre de 1896. Como él, vivía y trabajaba en París, pero en el sector de la confección: era tejedor. Como él, vivía en el distrito xi de la capital, en el 117 del boulevard Richard-Lenoir. Pero, a diferencia de Chaïm, Hersz estaba casado con Chiona (a quien llamaban Suzanne) y tenía una hija, Sima-Simone, nacida en 1927.

Hersz Strasfogel llegó a Francia el 27 de diciembre de 1929, y su familia lo alcanzó unos meses después. Sus primeros años en París fueron difíciles. Fueron deportados y tuvieron que hacer numerosos intentos para obtener el permiso de estancia. En 1932 se registró como tejedor y en 1935 se declaró empresario. De hecho, Hersz se hizo autónomo y su negocio fue objeto de un procedimiento de arianización durante la Ocupación.[3] Desde que se instaló en Francia, Hersz se hizo llamar Hermann: era un nombre más fácil de pronunciar.

Hersz-Hermann Strasfogel fue detenido durante una redada en París el 20 de febrero de 1943, cuyo objetivo eran los judíos extranjeros de entre 16 y 65 años. Para esta redada se seleccionaron 7 011 expedientes de hombres que debían ser detenidos, pero los resultados fueron escasos, con apenas un centenar de arrestos. Entre ellos, Hersz-Hermann Strasfogel, su hermano Izak y el llamado Chaïm Herman. En Drancy se les asignó la misma barraca, la número 2, escalera 15. El 2 de marzo de 1943 se contaban entre las mil almas que salieron del campo para formar el convoy número 49.

Durante la investigación para este libro, en una caja que contenía varios documentos sobre el campo de Auschwitz, me llamó la atención una carta manuscrita en francés. La fotocopia era de mala calidad, pero fácil de leer. El autor era miembro del Sonderkommando en Birkenau y anunciaba su próxima muerte. La carta fue entregada al Memorial de la Shoah en 2002 por Simone Muntlak. Acompañaba el formulario de inscripción en el Muro de los Nombres* que había rellenado para su padre,

---

* Situado a la entrada del Memorial de la Shoah, el Muro de los Nombres muestra grabados en piedra los nombres de cerca de setenta y seis mil judíos

Hersz Strasfogel. Después de algunas investigaciones, resulta que se trataba de la carta atribuida a Chaïm Herman. Simone ya había fallecido y sus hijos, aunque conocían la carta, no sabían su historia.

La investigación continuó, esta vez en los archivos del SHD en Caen. Sabíamos que el expediente de Chaïm Herman estaba irremediablemente vacío, y por una buena razón: nadie había tomado ninguna medida con respecto a él, y todas las investigaciones que hemos hecho para encontrar a miembros de su familia han sido en vano. Pero ahora conocemos el nombre de Hersz-Hermann Strasfogel.

La consulta de su expediente[4] revela que fue Simone quien realizó las gestiones necesarias ante el ministerio para obtener el título de deportado político para su padre, así como la tarjeta de derechohabientes para ella y su madre. Sobre todo, en el expediente encontramos una copia mecanografiada de la carta de Hersz escrita en Birkenau, con la mención manuscrita: «Enviado a la señora Strasfogel, hija de Hermann Strasfogel, el 2 de marzo de 1948». Es probable que fuera la publicación en el boletín de la *Amicale d'Auschwitz* lo que llevó a la identificación de Hersz y a la entrega de la carta a Simone y a su madre Chiona. La conservaban como una reliquia, un objeto sagrado, pero nunca hablaban de ella ni la mostraban a nadie.

Aunque la historia de esta carta es extraordinaria, su contenido es también fascinante en muchos sentidos, sobre todo por lo que nos dice sobre la correspondencia escrita por los deportados judíos de Francia en Birkenau.

La carta comienza así:

---

deportados desde Francia entre 1942 y 1944, en el marco de la aplicación de la Solución Final efectuada por los nazis. Inaugurado el 25 de enero de 2005 por el presidente Jacques Chirac, el nuevo monumento, renovado y completado, fue reinaugurado el 27 de enero de 2020 por el presidente Emmanuel Macron.

Es voluntad de un moribundo que entreguen este sobre al Consulado de Francia, o a la Cruz Roja Internacional para que lo remitan a la dirección indicada.
Gracias.

Birkenau, 6 XI 1944

A mis queridas esposa e hija:

A principios de julio de este año tuve la gran alegría de recibir su carta (sin fecha), que fue como un bálsamo para mis tristes días aquí, la leo una y otra vez y no me separaré de ella hasta mi último aliento.

No tuve oportunidad de responderla, y si les escribo hoy con gran riesgo y peligro, es para decirles que esta es mi última carta, que nuestros días son limitados, y que si un día reciben esta misiva, tendrán que contarme entre los millones de nuestros hermanos y hermanas perdidos de este mundo. En esta oportunidad, debo asegurarles que me voy tranquilo y tal vez heroicamente (según las circunstancias) con el único pesar de que no podré volver a verlas ni un solo momento.

Desde las primeras líneas de su carta-testamento, Hersz-Hermann Strasfogel da una información esencial para nuestro tema:

Tuve la gran alegría de recibir su carta [...]. La leo una y otra vez y no me separaré de ella hasta mi último aliento.

Unas páginas más adelante, continúa:

Desde que tengo su carta con la letra de ambas, a la que beso muy a menudo, desde ese momento, me siento satisfecho, moriré tranquilo sabiendo que al menos ustedes se han salvado [...].

A partir de estas pocas líneas entendemos que Hersz escribió a su mujer y a su hija, lo que se confirma con la consulta del expediente de despacho número 36 de la UGIF. Las indicaciones de la tarjeta cuando les llegó la primera carta escrita por su marido y padre merecen un análisis en profundidad.

En primer lugar, nos enteramos de que escribió dos cartas, la primera de las cuales, registrada con el número 1771, llegó el 18 de octubre de 1943. El 27 de marzo de 1944 llegó una segunda carta con el número 3886. Simone, en su testimonio,* menciona la existencia de estas cartas que, por desgracia, no se han encontrado. El archivo de la UGIF también nos dice que las respuestas se hicieron el 18 y el 26 de enero de 1944, y luego el 20 de abril y el 20 de mayo del mismo año.

Se distinguen diversas escrituras. La primera indica el nombre de Hersz Strasfogel como autor, la dirección del destinatario, el señor Vanhems, el número y la fecha en que se recibió la primera carta. Una segunda escritura distinta completa la siguiente información: fecha y lugar de nacimiento, fecha de internamiento, dirección. El nombre del primer destinatario está tachado, sustituido por un segundo «Carta entregada a Sr. Goldberg, 27/10». Al parecer el señor Vanhems era amigo de la familia Strasfogel. Hersz lo menciona en su carta, pero nuestra investigación no nos ha permitido averiguar más sobre su relación. Charles-Gaston Vanhems era un hombre mayor, nacido en 1892, veterano de la Primera y Segunda Guerra Mundial, que vivía a poca distancia de la casa de los Strasfogel. Por último, parece que la carta que llegó a Francia el 18 de octubre de 1943 se entregó a un señor Goldberg, que también vivía a unos cientos de metros del boulevard Richard-Lenoir. Esta persona debe haber estado en contacto con Simone y su madre.

---

* La operación «De boca a oídos» fue organizada por Casip-Cojasor durante el curso escolar 2010-2011, y el folleto se publicó en 2012.

En efecto, en primavera, unas semanas después de la detención de Hersz, las dos mujeres abandonaron París para dirigirse a Veneux-les-Sablons, un pequeño municipio de la región de Seine-et-Marne, en el bosque de Fontainebleau, para refugiarse con los Martinelli. Esta familia italiana estaba emparentada con un colega de Hersz, y Simone pasaba sus vacaciones allí desde hacía varios años. Los Martinelli sabían que los Strasfogel eran judíos, y accedieron a alquilarles una habitación bajo su techo. Además del alquiler, Chiona ofreció sus servicios como cocinera. Después de unos meses, el dinero se terminó. Sin embargo, Simone y su madre se quedaron durante casi dos años, viviendo a duras penas, hasta que pudieron volver a París y encontrar su hogar.

No obstante lo anterior, las cartas de Hersz escritas desde Birkenau sí llegaron hasta su refugio, probablemente gracias a los oficios del señor Goldberg. También sabemos que pudieron responder, ya que así se indica en el formulario UGIF y por la mención que el propio Hersz hace en su última carta.[5]

Así pues, tenemos una prueba irrefutable de que un prisionero judío del campo de Birkenau, asignado al más especial de todos los kommandos del centro de exterminio, recibió las respuestas a su carta de la *Brief-Aktion*. ¿Podemos deducir de esto que otros deportados también recibieron cartas de sus familiares?

SYLVAIN BLOCH

Las primeras cartas no tenían aún un formato preciso. No se trataba de tarjetas postales, sino de simples trozos de papel, y lo mismo ocurría con la redacción de las instrucciones, que no eran tan estrictas como lo serían después. Es el caso de la carta dirigida por Sylvain Bloch a su esposa, que lleva el número 68 y llegó a Francia el 4 de enero de 1943.

En una primera etapa no consideré que la carta escrita por Sylvain Bloch desde el campo de Auschwitz hubiera sido escrita para la *Brief-Aktion*. Esta identificación solo ha sido posible con el acceso y el análisis del archivo conservado por el SHD. Los primeros envíos autorizados no contaban aún con el material adecuado, por lo que fue en una hoja de papel de un cuaderno (los bordes dentados pueden verse en la parte inferior de la página) de 28 × 20.3 cm donde Sylvain Bloch dirigió unas palabras, pulcramente escritas en alemán, a su mujer y a su hija. Diecisiete líneas de un texto que no está tan saneado como los que siguen.

Sylvain Bloch nació el 19 de julio de 1895 en Duttlenheim, Bajo Rin. Tras hacer el servicio militar en París como camillero, regresó temporalmente en 1925 para trabajar como jefe de mecánicos. Recién casado, se instaló en la capital en 1933 con su esposa Yvonne Lehmann. Vivían en el 137 del boulevard Pereire, en el distrito XVII, con su pequeña hija, Janine, que nació en 1935.

Sylvain fue detenido a finales de mayo de 1942, en la estación de Montceau-les-Mines, cuando intentaba cruzar la línea de demarcación para reunirse con su familia política que se había refugiado en la Dordoña. Primero fue internado en el fuerte de Hauteville, en Dijon. Allí, el 16 de julio de 1942, un compañero internado con él dibujó su retrato a lápiz. Trasladado al campo de Pithiviers, durante algunas semanas tuvo que sufrir incesantes viajes de ida y vuelta entre los campos de Loiret (Pithiviers y Beaune-la-Rolande) y el campo de Drancy, en la región de París.*

Sylvain envió dos tarjetas a Yvonne desde el campamento de Drancy en las que le informaba de su paradero:

«Te escribo de camino a Drancy». Luego: «Sigo gozando de buena salud [...] Me voy a Pithiviers. Si puedes enviarme un pequeño paquete, me haría feliz». Tras tres meses de internamiento y múltiples traslados, fue deportado a Auschwitz en el convoy número 36, que salió de la estación de Bourget-Drancy el 23 de septiembre de 1942.

Su esposa Yvonne, que se quedó sola en París, colocó a su hija durante un tiempo en una casa de la UGIF en La Varenne, en los suburbios de París, pero, temiendo ser detenida, volvió a buscarla. Permanecieron juntas, escondidas, hasta la Liberación.

La carta de Birkenau está escrita dentro de la *Brief-Aktion*. Lleva el número 68 y es una de las primeras cartas en llegar a París. Tiene varias particularidades. En primer lugar, como hemos visto con anterioridad, se trata de una carta y no de una tarjeta. En segundo lugar, hay más espacio para escribir. La información es la misma que aparecerá en las tarjetas que siguen: el nombre, una dirección en el campo (Bloque número 8,

---

* Sylvain Bloch fue internado en el Fuerte de Hauteville en Dijon, trasladado a Pithiviers del 3 al 27 de agosto de 1942, luego a Drancy del 27 de agosto al 1 de septiembre, de nuevo a Pithiviers el 1 de septiembre, trasladado a Beaune-la-Rolande el 15 de septiembre y de nuevo a Drancy el 23 de septiembre.

Arbeitslager Birkenau bei Neuberun OS). La carta está escrita completamente en alemán, pero no parece ser la letra de Sylvain. No es la misma letra que la de las tarjetas escritas desde Drancy y que se encuentra en la firma y en las indicaciones sobre el destinatario:

> Bloch Sylvain
> Bloque núm. 8
> Nacido el 19.7.1895
> Campo de trabajo de Birkenau cerca de... O.S.

> Mi querida esposa, mi querida hija:
> Me complace transmitirles unas líneas. Espero que para ustedes todo siga bien. Puedo decir lo mismo de mí. Espero, querida Yvonne, que tu nariz y tu garganta estén mejor. Estoy bien. ¡Tengo el recuerdo de una hermosa madre! Y tú, mi querida Jeanine, vuelves a la escuela ahora: ¡debes estar feliz de volver a ver a tus amigos! Sobre todo, aprende bien y escucha atentamente lo que dice tu madre. Siempre pienso en ustedes. Envíen mis saludos a toda la familia.
> Besos, tu marido y tu padre
> Sylvain
>
> Un saludo a los queridos Maria y Albert.

Sylvain dirigió la carta al domicilio familiar en el boulevard Pereire. Es la primera y única misiva de él, pero Yvonne le respondería 32 veces. Esta es la información que nos proporciona el formulario de la UGIF,[6] que lleva un sello de fecha cada vez que Yvonne escribe a su marido, con estricta regularidad, cada 15 días, entre el 15 de enero de 1943 y el 5 de agosto de 1944. ¿Recibió Sylvain estas cartas? ¿Estaba vivo cuando llegó su correo? El hecho es que no pudo enviar más noticias.

No hemos encontrado ningún rastro de Sylvain Bloch en los archivos del Museo de Auschwitz. Cuando llegó en el convoy, 399 hombres pasaron por la selección. La carta nos permite saber que Sylvain fue uno de ellos, pero no cuánto tiempo sobrevivió. De hecho, no tiene fecha. Solo sabemos que fue registrada por la UGIF el 4 de enero de 1943, como otras 148 cartas escritas por deportados del mismo convoy, el del 23 de septiembre de 1942; pero hay más. También hay cartas escritas por deportados de marzo, junio, julio, agosto y, sobre todo, septiembre de 1942.

Nunca se volvió a saber de Sylvain Bloch y nunca volvió de la deportación. Interrogada recientemente, su hija Jeanine afirma que no tenía conocimiento de las numerosas cartas enviadas por su madre.[7]

SALOMON-CHARLES FERLEGER

Pocos supervivientes del campo mencionan en su testimonio el momento en el que escribieron cartas, pero Charles Ferleger fue uno de ellos.

> ¿Ya he mencionado que pude enviar noticias mías desde el campo [*de reclusión*]? Para el Año Nuevo, los hombres de las ss* vinieron a nuestra barraca y nos dijeron que podíamos escribir para dar noticias a nuestras familias. Muchos temían que fuera una trampa y se negaban a escribir, pero yo no, puse la dirección de una amiga, no judía, porque sabía que ella podía contactar con Margot. Pero la tarjeta llegó nueve meses después de la liberación de Francia.

Así es como Salomon, conocido como «Charles» Ferleger aludió a la existencia de la tarjeta que escribió a Monowitz cuando declaró ante la Fundación de Historia Visual en 1997.[8]

> Mi querida Margot,
> Estoy sano y en un campo de trabajo. Puedes escribirme en alemán. Espero que estés bien y que tenga noticias tuyas pronto. Te envío mi amor,
>
> Ferleger Salomon

---

* Las ss, *Schutzstaffel* (escuadrones de protección) se establecieron originalmente como la unidad de protección personal de Adolf Hitler. Más tarde se transformaron en la guardia de élite del Tercer Reich y el brazo operativo encargado de todas las tareas relacionadas con la seguridad, los campos de concentración y exterminio, entre otras, sin que sobre ellos existieran restricciones legales para ejecutar sus órdenes. [*N. de la t.*].

Margot es Marguerite,* su prometida, la joven con la que se casó en octubre de 1945, seis meses después de su regreso. La tarjeta que Charles envió el 30 de enero de 1944 no llegó a Francia sino hasta el 25 de julio siguiente.

Charles era un joven de 23 años cuando lo deportaron a Auschwitz el 7 de diciembre de 1943, en el convoy número 64 desde Drancy. A su lado estaban sus padres, Bluma (Berthe) y Abram (Adolphe). Sin embargo, no fueron detenidos juntos. Charles nació en París, era francés y trabajaba como sastre. Al principio de la guerra se unió a la Resistencia como miembro de los Francotiradores y Partisanos, pero sus actividades clandestinas lo pusieron en peligro, y pronto se vio obligado a abandonar la capital y buscar refugio en las provincias. En 1941 lo contrataron para trabajar como leñador en la industria forestal, primero en Sully-sur-Loire y luego en Champaubert-aux-Bois, en el Alto Marne. En la primera quincena de marzo de 1943 llegó al campo de Beauregard, situado en la comuna de Clefs, en Maine-et-Loire. Fue allí donde, en las primeras horas del 22 de noviembre de 1943, tuvo lugar una operación dirigida por la *Sicherheitspolizei* de Angers. Los 63 judíos presentes fueron arrestados y llevados a Angers: el mayor tenía 67 años, el menor 19.⁹

Charles y sus compañeros llegaron al campamento de Drancy después de dos días de transporte en carros tirados por caballos. En el tren, Charles consiguió escribir una carta a sus padres advirtiéndoles de su detención e instándolos a abandonar París. La carta decía: «No se queden en casa». Como no tenía timbre postal, adjuntó un billete de cien francos, esperando que la persona que la encontrara se encargara de llevarla a la oficina postal. La carta llegó a su destino, pero no sin ser leída por la censura: Berthe y Adolphe fueron arrestados tres días después. No habían seguido su consejo. Charles lo recuerda:

---

* Marguerite Boksenbaum, nacida el 22 de abril de 1924, no fue deportada.

Un día, en Drancy, me llamaron a la oficina del comandante. Entré y encontré a mis padres que acababan de ser detenidos en su casa. Incluso se habían llevado a su gato, que se paseaba tranquilamente por la oficina del comandante. El gato no fue deportado.*

La hermana de Charles les había precedido en este campo situado a apenas 12 kilómetros de París, un verdadero centro de deportación de judíos franceses. Simone era dos años mayor que él y estaba casada con un no judío, Jacques Letellier, que también era activo en la Resistencia. La pareja fue vigilada, pero solo Simone fue detenida por haber infringido la ley del 27 de octubre de 1940.** Por ello fue juzgada y condenada a nueve meses de prisión. Charles seguía en París en ese momento y asistió al juicio que envió a su hermana a la Petite Roquette el 12 de agosto de 1942. Solo fue liberada tras cumplir su condena y llevada a Drancy. En la ficha que se elaboró a su llegada al campo se indica «internamiento en Drancy a la espera de una decisión». De hecho, al estar casada con un no judío, tenía la condición de «cónyuge ario», y su caso merecía ser considerado. Finalmente, se tomó la decisión: la deportaron. Simone salió de Drancy en el convoy del 18 de julio de 1943; ¿ya habría fallecido cuando Charles y sus padres salieron de Drancy en el convoy número 64 del 7 de diciembre de 1943?

A su llegada a Auschwitz, las familias eran separadas: los hombres por un lado, las mujeres por otro. Charles ni siquiera tuvo tiempo de despedirse de su madre. El médico alemán que

---

* Abram y Bluma Ferleger son detenidos en su casa el 30 de noviembre de 1943 y llevados al campo de Drancy, donde Charles lleva una semana.

** Esta información aparece en la tarjeta redactada a nombre de Sarah (Simone) Letellier durante su internamiento en Drancy. Debe haber un error porque no hay ninguna ley con fecha del 27 de octubre de 1940. Podría ser la ley del 25 de octubre relativa a los negocios judíos o el estatuto de los judíos del 18 de octubre de 1940. Sarah (Simone) Ferleger nació el 7 de junio de 1921. Deportada en el convoy número 57 el 18 de julio de 1943, no sobrevivió.

realizaba la selección entrevistó a Charles, que no hablaba alemán, pero se entendieron gracias a sus conocimientos de yiddish. Asintió con la cabeza cuando se le preguntó si se sentía con fuerzas para trabajar. Charles era joven y estaba en buena condición física, ya que había pasado varios meses trabajando como leñador. Fue uno de los 72 hombres seleccionados para el trabajo, pero no su padre, que ya no estaba con él cuando entró en el campo.

Charles fue llevado al campo de Monowitz, también llamado Auschwitz III, anexo a la fábrica de Buna. A partir de entonces sería el prisionero número 167 508. Fue asignado al *Kabel Kommando*, que tiraba de grandes y pesados cables eléctricos que arrancaban la piel de las manos. En el transcurso del invierno de 1944 conoció al doctor Robert Waitz,* quien lo ayudaría cuando fue enviado al *revier* (hospital) unas semanas más tarde a causa del ántrax. Al ponerlo en aislamiento, porque supuestamente estaba enfermo de paperas, le permitió escapar del proceso de selección que lo habría conducido a la muerte.

En la noche del 18 de enero de 1945 se dio la orden de que todos debían presentarse. Charles y unos cuantos miles de hombres y mujeres que aún podían mantenerse en pie fueron reunidos en el patio de apelación del campamento y arrojados a la carretera. Fue el inicio de la evacuación del campo de Auschwitz decidida por las SS ante el avance de las tropas soviéticas. Salieron del campamento a las cinco de la tarde y caminaron

---

* Robert Waitz, nacido el 20 de mayo de 1900, era profesor de medicina en la Universidad de Estrasburgo. Replegado en Clermont-Ferrand, a principios de 1939, junto con su universidad, fue detenido por la Gestapo como miembro de la Resistencia el 3 de julio de 1943 y enviado a la prisión de Moulins, antes de ser trasladado al campo de Drancy. Fue deportado como judío en el convoy número 60, que salió de Drancy el 7 de octubre de 1943 con destino a Auschwitz. Enviado como médico al campo de Monowitz desde el 10 de octubre de 1943 hasta el 18 de enero de 1945, estableció la red de resistencia francesa del campo y ayudó a salvar a muchos deportados. Tras las marchas de la muerte que lo llevaron al campo de Buchenwald, fue destinado al bloque 46, donde recogió pruebas de la inoculación del tifus en individuos sanos por parte de las SS. Tras su liberación del campo de Bergen-Belsen regresó a Estrasburgo en 1945 y se convirtió en presidente de la Amicale d'Auschwitz y presidente del Comité Internacional de Auschwitz.

toda la noche bajo el frío y la nieve. Esta evacuación se conoció como la «marcha de la muerte». Tras 36 horas y casi 60 kilómetros, Charles llegó al campo de Gleiwitz. Un segundo transporte lo llevó a Buchenwald. Allí fue liberado por las tropas estadounidenses el 11 de abril de 1945. Dieciocho días después llegó a París en uno de los primeros convoyes de repatriación. Al pasar por Longwy envió un telegrama para anunciar su regreso. ¿A quién se lo envió? Sabía que sus padres, que habían sido deportados con él, habían sido asesinados; ¿creía que su hermana había logrado escapar?

Charles regresó el 1 de mayo por la *Gare de l'Est*.* Tras un breve paso por el centro de Orsay, donde se le roció con DDT** para desinfectarlo, y luego de unos días en el hospital Hôtel-Dieu, fue enviado al Cantal para recuperar la salud. De vuelta a París, tuvo que interponer una demanda para recuperar el departamento que había ocupado en el distrito III. Lo único que encontró de su vida anterior fue una maleta que sus padres habían confiado a un vecino y que contenía algo de ropa y objetos básicos, libros y sus pasaportes.

Solo unos meses después, en octubre de 1945, Charles se casó con Margot. A ella iba dirigida la tarjeta escrita desde Monowitz. Para no ponerla en peligro de arresto, envió la tarjeta a la señora Daunois, una amiga no judía que vivía en Perpignan, sabiendo que ella podría reenviarla. Charles nos cuenta que fue un hombre de las SS quien fue a su barracón a principios de 1944 para distribuir las tarjetas. Llevaban dos meses en el campo y pensó que se les permitía escribir debido al Año Nuevo. La tarjeta no parece haber sido escrita por Charles: el texto en alemán y la dirección y el remitente no están escritos por la misma mano.

Se les dieron instrucciones: tenían que decir que estaban en un campo de trabajo y que gozaban de buena salud. Muchos

---

* Estación de tren del este, en París. [*N. de la t.*].
** El dicloro-difenil-tricloroetano era un potente insecticida utilizado para desinfectar a los deportados a su regreso.

de sus compañeros de barraca no quisieron escribir, por miedo a provocar más detenciones. La tarjeta tiene fecha del 30 de enero de 1944, pero, según el archivo de la UGIF, no se registró en París sino hasta seis meses después, el 25 de julio de 1944 y se envió a la señora Daunois el 3 de agosto. No hay constancia de ninguna respuesta. En julio de 1944, Francia se encontraba en las últimas horas de la Ocupación, aunque todavía no era el fin de las deportaciones.*

Charles dice en su testimonio que la tarjeta llegó a Margot hasta después de que ella regresara a Francia. Tal vez cuando llegó a Perpignan, a casa de la señora Daunois, ella se la entregó. En cualquier caso, en este ejemplo, la tarjeta escrita por Charles no cumplió ninguna de sus funciones previstas: ni para tranquilizar a las familias de los deportados ni para identificar a nuevas víctimas que debían ser detenidas.[10]

Charles murió el 24 de enero de 2019.

---

* Dos convoyes salieron de Drancy el 31 de julio y el 17 de agosto de 1944, uno de Toulouse el 30 de julio de 1944, otro de Lyon el 11 de agosto de 1944 y otro de Clermont-Ferrand el 17 de agosto de 1944.

ISAAK GOLDSZTAJN

Te escribo desde el campo de trabajo de Birkenau, donde me encuentro ahora. Estoy sano, trabajo y espero noticias tuyas.

Estas pocas palabras son las últimas noticias que Bronia recibe en noviembre de 1943 de su marido Isaak, detenido en febrero y deportado en junio al campo de Auschwitz-Birkenau. A partir de ahí, hay silencio e incertidumbre.

Isaak es uno de los 600 deportados del convoy número 55 que fueron seleccionados para trabajar a su llegada al campo el 25 de junio de 1943. Dos semanas después se le permite escribir para dar noticias. Isaak escribe dos tarjetas que tiene cuidado de no enviar directamente a su mujer, sino a amigos no judíos que sabe que podrán hacérselas llegar. Las tarjetas tardan casi cuatro meses en llegar. En noviembre de 1943 Bronia espera que su marido siga vivo en algún lugar del Este, en la Alta Silesia, en un campo de trabajo llamado Birkenau. Del resto no se enteraría hasta 18 meses más tarde, porque Isaak fue un superviviente; volvió de la deportación el 15 de mayo de 1945.

Isaak y Bronia nacieron en Varsovia, Polonia. Juntos decidieron dejar su país y su familia para ir a Francia, el país de la Ilustración y los derechos humanos, a proseguir sus estudios. Isaak se matricula en la Universidad de Toulouse; se gradúa como ingeniero eléctrico en octubre de 1933. Bronia se tardó un poco más, ya que en abril de 1940 se doctoró en medicina en la Universidad de Toulouse.

Unas semanas después de que Francia declarara la guerra a Alemania, en septiembre de 1939, Isaak acudió a la oficina de reclutamiento militar para alistarse voluntariamente. Reconocido como apto para el servicio, fue asignado al puesto de artillero en el noveno regimiento de infantería polaco con base en Coëtquidan (Morbihan) desde el 20 de febrero de 1940. El 23 de junio, el día después de que Pétain firmara el armisticio en el bosque de Compiègne, Isaak fue liberado de todas sus obligaciones militares. Pudo volver a casa con Bronia, con quien se había casado antes de su partida y que pronto daría a luz a su primera hija, Annie, conocida cariñosamente como «Popi».

La pequeña familia se instala en Toulouse, en el número 3 de la calle Delacroix, donde ocupa un modesto departamento que sirve a la vez de vivienda y de taller para Isaak, que trabaja como electricista y reparador de aparatos de radio. Trabaja por cuenta propia y también hace negocios con la Maison Pathéphone, que tiene sus oficinas a unas calles de distancia. Isaak tenía ganas de aprender y siguió formándose; por ejemplo, con el curso avanzado que realizó entre 1940 y 1942 para especializarse en el estudio, cálculo, trazado de campo e instalación de líneas eléctricas de alta y muy alta tensión. Isaak tenía claridad sobre los eventos que sucedían a su alrededor. En forma paralela a sus ocupaciones profesionales y a sus responsabilidades como cabeza de familia, se unió a la Resistencia dentro de la *Libération-sud*. Se unió a las filas del movimiento en enero de 1942 como oficial de enlace. Debido a sus actividades en la Resistencia, fue detenido el 2 de febrero de 1943, cuando cayó en una trampa mientras se dirigía a recoger información. Primero lo encarcelaron en el cuartel de Compans, y dos semanas después lo trasladaron a la prisión de Furgole, en Toulouse. Era un lugar siniestro, descrito por el resistente Pierre Bertaux como:

> un edificio viejo, muy viejo, adosado a las antiguas murallas. La habitación central era una mazmorra, una enorme torre cuyos muros

tenían más de dos metros de espesor en la parte superior y quizá tres en la base [...]. Cuando estábamos encerrados en Furgole, la esperanza de salir era escasa, la sensación de abandono penetraba hasta los huesos, la soledad calaba como el hielo.[11]

A mediados de abril trasladaron a Isaak de Toulouse a París. Desde la detención, Bronia se esfuerza por tener noticias de él; llama a todas las puertas, se dirige a la Cruz Roja, a los cuáqueros. Finalmente, el 16 de abril de 1943 el representante cuáquero en París le informó de que Isaak estaba en la prisión militar de Cherche-Midi.* Bronia se apresuró a enviarle un paquete. El 25 de mayo de 1943 Isaak pudo por fin escribir:

> Querida, como puedes ver, sigo en prisión y estoy terriblemente preocupado porque no tengo noticias tuyas.

Llevan tres meses separados y la correspondencia es difícil. Isaak da muy pocos detalles sobre su estado:

> Estoy sano, excepto que he perdido un poco de peso, así que envíame un paquete con provisiones de inmediato.

La cuestión de los suministros es crucial para los presos que están mal alimentados. Por lo tanto, se pone en marcha el plan B. Enviar paquetes desde Toulouse no es fácil. Isaak llega a un acuerdo con un compañero de prisión, de profesión carnicero, cuya esposa tiene fácil acceso a los suministros. Ella hará los paquetes para Isaak y, a cambio, Bronia le reembolsará los gastos ocasionados. Pero al margen de las consideraciones materiales, los pensamientos de Isaak se centran en su hija Annie, su peque-

---

* La prisión de Cherche-Midi funcionó de 1847 a 1950. Esta antigua prisión militar estaba situada en el número 54 del boulevard Raspail, distrito IV, París. Fue demolida en 1966.

ña Popi, que aún no ha cumplido los tres años; espera que ella no se olvide de él.

Desde que está en París, Isaak, que recibe muy pocas noticias de su familia, no deja de escribir. A través de sus cartas podemos ver cómo utiliza todos los medios para comunicarse con el mundo exterior. Al no estar seguro de que el circuito oficial de correspondencia funcione, busca otras soluciones:

> Querida, ya he intentado escribirte varias veces, pero no sé si mis cartas te han llegado. Creo que esta sí la recibirás y podrás responderme a través de la misma persona que te enviará la carta. Es la esposa de un camarada, un «zyd»,* que te hará llegar esta nota.

Tres semanas más tarde Isaak escribe por última vez desde la cárcel: por fin ha recibido una carta de Bronia:

> No puedes imaginarte la alegría que me dio, sobre todo la noticia de que mi niña no me ha olvidado y que quiere a su papito bonito.

Pero esta buena noticia se ve inmediatamente eclipsada por otra:

> Esta tarde me han avisado de que mañana por la mañana me voy de aquí, pero aún no sé a dónde, se supone que al campo de Drancy.

De hecho, aunque llevaba más de cuatro meses encarcelado y lo trataban como un criminal, un «terrorista», Isaak seguía siendo un judío a los ojos de las autoridades de la Ocupación, y como tal fue trasladado al campo de Drancy. Lo registraron allí el 19 de junio de 1943 con el número 22 119 y la mención

---

* «Judío» en polaco.

«proveniente de la jefatura de policía». Ni el libro de entradas ni la ficha elaborada a su nombre para crear el fichero de internos del campo mencionan sus estancias en la cárcel. Al leer los documentos, es como si acabaran de detenerlo y llegara directamente de Toulouse.

Drancy era un campo de tránsito. Algunos internos pasaban allí unas horas, otros varios meses. Isaak permanecería allí apenas una semana, durante la cual consiguió escribir cuatro cartas. Las dos primeras están fechadas el día de su llegada. Escribe a su esposa para informarle de su dirección y de sus nuevas condiciones de detención:

> Mis queridas Bronia y Popi, aquí estoy ya en el campo de Drancy, cuánto tiempo me quedaré aquí nadie puede saberlo. [...] Por el momento, gozo de buena salud, no estoy enfermo, solo estoy perdiendo un poco de peso.

La cuestión de la alimentación está siempre en el centro de las preocupaciones de los internos; es una cuestión de supervivencia. Las reglas en el campo de Drancy eran diferentes del régimen de la prisión:

> Para la paquetería, se me permite un paquete por semana de un máximo de 3 kg, pero sin incluir todo el embalaje [...]. Aquí se permiten las latas de hierro, pero no los cigarrillos [...]. Para la ropa y la ropa blanca, pronto te enviaré un vale especial.

En la segunda carta, fechada el mismo día, explica: «Acabo de escribir una carta oficial», por lo que se comprende que esta segunda carta no es oficial. Una vez más, Isaak ha encontrado la manera de saltarse las reglas. Es probable que la carta fechada el 21 de junio, que es casi ilegible porque está escrita en las dos caras de un papel descascarillado, fuera también clandestina. Para comunicarse con el mundo exterior, se creó un verdadero mercado negro para sacar del campo las cartas que no pasaban por la oficina de censura. Sin embargo, en estas cartas Isaak no hace comentarios subversivos. Lo principal es proteger a Bronia de la detención no dando su paradero, mientras le da noticias de sí mismo. En cuanto al contenido, consiste principalmente en auténticas declaraciones de amor a su esposa e hija:

> Es muy duro estar separado de mi pequeña Popi y de ti, no verte, no poder besarte, no poder escuchar a mi pequeña Popi en vivo, no verla divertirse, no oírla reír, hablar, y estar privado de la mayor alegría de mi vida. [...] Sí, cariño, es la esperanza de volver a ti lo que me sostiene y me ayuda a soportar la vida presente y espero que me sostenga en el futuro.

El 22 de junio de 1943 Isaak recibió una mala noticia y se apresuró a informar a Bronia:

> Hoy he pasado el interrogatorio y, a menos que se produzca un milagro, creo que me iré uno de estos días, probablemente incluso esta semana. Por favor, no se preocupen, hay gente aquí que ha recibido noticias de sus familiares que han sido deportados y las noticias no son malas, estas personas están trabajando [...] y no son infelices. Incluso parece que el número de estas personas que han dado noticias es bastante grande y no son casos aislados [...]. En el interrogatorio del que te hablé, me preguntaron dónde vivías, así que di tu dirección en Niza.

Esta carta de Isaak confirma que los internos de Drancy eran conscientes de que los mensajes procedían de los que habían sido deportados antes que ellos. En la carta oficial que los «que partían» debían enviar a sus familias, anunciaba su partida al día siguiente «con destino desconocido», según la fórmula establecida.

> He oído que ha habido noticias de personas a las que deportaron antes y las noticias son buenas. La gente trabaja y se alimenta y aloja adecuadamente.

Al igual que las demás, esta última misiva iba dirigida al señor Marcel Durand, un amigo de la familia. Isaak sabía que los nombres y direcciones de los destinatarios se utilizaban para nuevas detenciones. También mencionó que durante su interrogatorio le preguntaron dónde estaba su familia, y tuvo la presencia de ánimo de ponerlos en la pista equivocada. Ese mes de junio de 1943 correspondió a la toma del campo de Drancy por parte del capitán de las ss Alois Brunner, adjunto de Adolf Eichmann,* que había venido a reforzar a Röthke, que entonces era jefe del Departamento de Asuntos Judíos de la Gestapo en Francia, con un comando especial de las ss austriacas.

> A principios de junio [1943], el Hauptsturmführer Brunner comenzó a interesarse especialmente por el campo de Drancy. En sus diversas visitas al campo, procedió personalmente y de forma en extremo sumaria al interrogatorio de cerca de mil quinientos internos de un total de dos mil quinientos. Esta primera clasificación inicial de los internos dio lugar a la deportación al Este de mil dos de ellos el 23 de junio de 1943.[12]

Este es el caso de Isaak, que fue deportado en el convoy número 55 al campo de Auschwitz-Birkenau. Se han encontrado varias cartas arrojadas a las vías por los deportados de este mismo convoy, las cuales dan testimonio de las condiciones del transporte.[13] Desde el tren, Isaak escribió dos tarjetas que llegaron a su familia:

---

* Nacido en 1906 en Solingen, Adolf Eichmann, SS-Obersturmmbahnfürher a cargo de los asuntos judíos dentro de la Gestapo del Reich, responsable de la logística de la Solución Final.

> Querida, te escribo a toda prisa desde Épernay, donde estamos parados. Por el momento, todo está bien. Vamos a Metz y después no sé, nos están tratando bastante bien, mucho mejor de lo que yo suponía.

Una segunda carta, escrita en Revigny (Mosa), completa:

> Esta es la segunda carta que te envío desde el camino, viajamos bastante. Hace tanto calor que tenemos las puertas y las ventanas abiertas, para que veas que no es tan malo en este momento.

Isaak quiere ser tranquilizador, sus palabras probablemente no se corresponden con la realidad de las condiciones de transporte que se han relatado en otros testimonios: el calor, el hacinamiento que impide a los deportados sentarse, y mucho menos acostarse, los olores nauseabundos de los cubos que sirven de retretes, todos estos detalles que Isaak no menciona para no preocupar a Bronia.

No sabemos cuándo y cómo llegaron a Bronia estas cartas, siempre dirigidas a Marcel Durand, pero probablemente se deba a la generosidad de los vecinos de las líneas ferroviarias que se encargaron de entregarlas a su destinatario.

A su llegada a Birkenau, Isaak fue uno de los 383 hombres y 217 mujeres seleccionados para trabajar. Porque tenía la edad adecuada, porque estaba solo, y quizá también por su cualificación como ingeniero, o simplemente porque la necesidad de mano de obra en ese día pesaba más que otras consideraciones, Isaak fue a partir de ese momento el número 126 002.

Desde Birkenau, a Isaak se le permitió o se le obligó a escribir dos tarjetas; ambas fechadas el 14 de julio de 1943, bastante poco después de su llegada al Este. Indican, como dirección del campo, Arbeitslager Birkenau bei Neuburn O/S. Bloque 14 B, pero no se incluye el número que le dieron en Auschwitz.

Su contenido es idéntico. La primera, registrada a su llegada a las oficinas de la UGIF con el número 1530, está dirigido al señor Marcel Durand, número 8 de la avenue Jean-Rostand, Toulouse. El texto, escrito en alemán, es breve:

Querido:
Te escribo desde el campo de trabajo de Birkenau, donde me encuentro ahora. Estoy sano, trabajando y esperando noticias tuyas. Espero que la pequeña Popi y su madre estén bien, así como nuestros otros amigos. Muchos besos para ti, la pequeña Popi y su madre y los demás amigos. Por favor, responde rápidamente.

La segunda tarjeta está fechada el mismo día, pero dirigida a Maison Pathéphone. Está registrada con el número 2118:

Queridos amigos:
Los saludo cordialmente desde el campo de trabajo de Birkenau, donde me encuentro ahora. Estoy trabajando y tengo buena salud. Espero que ustedes también estén sanos, así como la pequeña Popi y su madre. Muchos besos para todos. Estoy a la espera de sus noticias. Siempre suyo
   Por favor, respondan rápidamente.

Al igual que en las cartas enviadas desde Drancy, Isaak se cuida de no dar la dirección de Bronia, que, con Annie, ha encontrado refugio en el pueblo de Salies-du-Salat, en el Alto Garona. La tarjeta no fue registrada por las oficinas de la UGIF sino hasta el 25 de octubre de 1943. A continuación, siguió hasta Toulouse, acompañada de la circular redactada por la UGIF en la que se informaba al destinatario de que se le había enviado una carta y de los trámites que debía realizar para responder. Este documento está fechado el 2 de noviembre de 1943. Probablemente sea un gran alivio para Bronia tener por fin noticias, una prueba de vida, de su marido, que lleva cuatro meses deportado.

Además de la circular, la UGIF proporciona un cupón que se adjunta, en el que se indica que el portador está autorizado a enviar una respuesta por correo dos veces al mes. Gracias al archivo creado por el departamento número 36 para la gestión de esta correspondencia, nos enteramos de que, tras la recepción de las tarjetas de Birkenau, se enviaron varias cartas a Isaak. En total se enviaron 14 cartas, la primera el 8 de noviembre de 1943 y la última el 20 de junio de 1944. Es poco probable que haya recibido estas cartas; es un tema que nunca mencionó. Mientras Bronia seguía enviando noticias, Isaak, por su parte, volvía a guardar silencio. Solo después de su liberación y del regreso de la deportación, su mujer pudo rellenar las lagunas.

Isaak permaneció en Birkenau hasta octubre de 1943. A continuación fue trasladado al Konzentrationlager de Varsovia, donde los internos, elegidos exclusivamente entre los judíos deportados de Europa Occidental, se encargaban de limpiar los escombros del antiguo gueto, consecuencia de la represión nazi del levantamiento que tuvo lugar en abril de 1943. Permaneció allí hasta la evacuación del campo, que se decidió debido al avance del Ejército Rojo y justo antes del levantamiento de Varsovia por parte de la resistencia polaca, en agosto de 1944. Tras varias semanas de marcha, Isaak y sus compañeros llegaron a Mühldorf, que es un campo dependiente de Dachau. Permaneció allí hasta marzo de 1945, cuando de nuevo fue evacuado: las SS huyeron ante el avance de las tropas aliadas. De nuevo en la carretera, esta vez hacia Múnich, Isaak aprovecha una oportunidad para escapar. Lo recoge un grupo de prisioneros de guerra franceses que lo acogen antes de que fuera liberado por las tropas estadounidenses.

Isaak es repatriado a París en avión. Poco después de su llegada al aeropuerto de Le Bourget, obtuvo un bono de transporte que le permitió, el 15 de mayo de 1945, tomar un tren en la estación de Austerlitz, que lo llevó de vuelta a su casa en Toulouse.

Isaak no declaró y dijo muy poco sobre su deportación. Nunca mencionó la existencia de estas cartas ni las condiciones en que fueron escritas.

Falleció el 2 de mayo de 2002.[14]

GEORGES JOFFÉ

París, 31/12/1942 a las 11 horas.
Queridos amigos:
Les escribo desde detrás de las rejas. Liliane está conmigo porque estamos esperando para ir a Drancy, el paraíso en la Tierra. El ambiente es bueno, díganselo a Anny. Seguramente llamará por teléfono. Nos detuvieron en La Nación por razones judías. Besos a todos de nuestra parte.
Georges
Hay muy buen espíritu. Mucho ánimo para todos.

El 31 de diciembre de 1942 Georges Joffé, un inquieto joven de 18 años, fue sorprendido con su hermana Liliane, dos años menor que él, durante un control de identidad en la estación del metro La Nación. Fueron arrestados por «razones judías»: la verdadera razón era que estaban infringiendo la orden alemana del 28 de mayo de 1942 que exigía que todos los judíos mayores de seis años llevaran una estrella amarilla. Gracias a la amable complicidad de un agente de policía, Georges consiguió avisar a sus amigos escribiendo unas palabras en el reverso de un documento publicitario. Irónicamente, fue un folleto de la Lotería Nacional el que le informó que el sorteo especial del «Árbol de Navidad de 1942» tendría lugar el 2 de enero de 1943 en el Palacio de los Deportes, boulevard de Grenelle. Este último no era otro que el Velódromo de Invierno, un lugar que había recuperado su vocación original cuando, seis meses antes, cerca de ocho mil personas habían sido encerradas allí en condiciones dantescas, lo que se conoció desde entonces como la «redada del Velódromo de Invierno». Fue durante esta redada organizada los días 16 y 17 de julio de 1942 cuando detuvieron a los padres de Georges y Liliane.* Es poco probable que hubieran estado en el Velódromo de Invierno, ya que las parejas sin hijos fueron internadas directamente en el campo de Drancy. Permanecieron allí poco tiempo, pero consiguieron enviar algunas cartas a sus hijos.

En una primera carta sin fecha, Frouma indica que está en Drancy con su marido, se preocupa por sus hijos, los vecinos y otros miembros de la familia. Quiere ser tranquilizadora:

> No se preocupen por nosotros. He conocido a buena gente, los días pasan rápido y hacemos bromas.

Otras dos cartas llegaron a sus hijos, una de ellas firmada por Gemeich-Henri. Con seguridad no es él quien la escribe de puño y letra, pero la firma; anuncia su partida «hacia un destino desconocido [...]. Confianza y valor, esperamos que también sea este el ánimo de ustedes». Ese mismo día, Frouma también escribe por última vez. Su tono es más personal:

> Mis queridos hijos, les escribo para despedirme. Parto con su padre mañana a un destino desconocido.

Ambos están preocupados por sus hijos, especialmente por Georges: «Me gustaría saber si Georges está trabajando»; «Espero que se ocupen de todo y que sean responsables, sabiendo lo que tienen que hacer. Manténganse juntos». El mensaje es claro: los niños deben hacerse cargo, permanecer juntos, ayu-

---

* Gemeich, conocido como Henri Joffé, nacido el 20 de marzo de 1897 en Rusia, y Frouma, nacida el 23 de marzo de 1902 en Riga (Letonia).

darse mutuamente. Henri y Frouma fueron deportados en el convoy número 10, que salió de la estación de Le Bourget-Drancy el 24 de julio de 1942. Ninguno de ellos volvería de la deportación.

Cinco meses después los dos miembros más jóvenes de la familia también fueron detenidos. En Drancy, donde estuvo internado bajo el número 18 235, escalera 22, habitación 2, Georges nunca perdió el sentido del humor en las cartas que enviaba a su hermana:

> Querida hermana: estoy, como comprenderás, en la playa Drancy. No está mal [...].

Liliane, por su parte, se muestra más comedida en sus comentarios, aunque sigue tranquilizando y advirtiendo a su hermana sobre posibles detenciones:

> Ten cuidado, porque todos los días llegan huéspedes de todo el mundo.

La familia Joffé habitaba en Montreuil-sous-Bois, un suburbio de París. Vivían humildemente: el padre, Henri, trabajó sucesivamente como vendedor de segunda mano, obrero y mecánico en la industria textil, mientras que Frouma, su esposa, se ocupaba de la casa. Georges nació en el Hospital Rothschild de París el 11 de febrero de 1924, y su hermana Liliane dos años después. Al crecer, ayudaron a mantener a la familia trabajando como obreros textiles. Una hija mayor, Fanny, ya se había ido de casa y estaba comprometida. Georges y Liliane le escriben desde el campo de Drancy.

El 28 de enero de 1943 Georges escribió:

> Los ánimos son buenos, al igual que los acontecimientos. Espero que estemos en el final. En cuanto a mamá, papá y la señora

> Jablonka,* nos ocupamos de ellos porque recibimos la lista de cartas que reciben en la UJF [UGIF], espero que sean muchas; en el campo, están trabajando y comiendo en una fábrica o en la tierra en la Alta Silesia.

Esta mención se refiere directamente a las cartas recibidas desde los campos por los deportados de los convoyes anteriores.

Tras seis semanas de internamiento, el 12 de febrero de 1943 Georges y Liliane escribieron cada uno una carta a su hermana, anunciando su partida al día siguiente.

Georges:

> Querida Anny, tengo malas noticias para ti. Nos deportan a un destino desconocido para encontrarnos con mamá y papá. Te pido mucho valor, no queda mucho tiempo.

El mensaje de Liliane es idéntico, pero en el espacio para la dirección del remitente dice: «Señorita Liliane Joffé, Matrícula 18236 en *Pichipaulle les Bains*».** El censor no reaccionó a esta última línea de humor.

Liliane y Georges salieron de Drancy el 13 de febrero de 1943 en el convoy número 48, conformado en exclusiva por judíos franceses. De las mil personas que salieron, ocho consiguieron escapar antes de cruzar la frontera entre Francia y Alemania, pero Georges y Liliane no estaban entre ellos y llegaron a Auschwitz-Birkenau el 15 de febrero, en pleno invierno. En la rampa se seleccionó a 144 hombres y 167 mujeres para trabajar.

No poseemos información sobre el destino de Liliane, lo contrario de su hermano. Una carta fechada el 13 de abril de 1943

---

* La señora Jablonka es la madre del prometido de Fanny.

** *Pichipaulle* por *Pitchipoï*, palabra en yiddish utilizada por los internados para designar el destino desconocido de los convoyes de deportación. *Pitchipoï* en yiddish significa «campo perdido» o «lugar bonito».

y firmada por Georges llegó a Francia. Al enviarla a su padre, quien fue deportado antes que él, a su casa de Montreuil, demostró ser previsor y no temió provocar la detención de su hermana en su refugio. Como todas las cartas, el texto, escrito en alemán, es muy breve:

13.4.43

Queridos:
Estoy sano y bien, y espero que lo mismo ocurra con ustedes. Yo trabajo aquí y no me falta nada. Saludo a mis conocidos y compañeros. Saludos afectuosos.
Joffé Georges

Aunque es Georges quien firmó la carta, no fue él quien la escribió. La letra no es suya. Es probable que un camarada lo ayudara porque no sabía alemán. Esta carta no fue registrada por la UGIF; no tiene número de registro y no aparece en el archivo. Sin embargo, llegó a Fanny.

Georges escribió otras tres cartas a tres destinatarios diferentes; todas ellas están registradas el 12 de octubre de 1943 con los números 1066, 1067 y 1068. Por desgracia no se han conservado. Uno de los destinatarios, un hombre llamado Joseph Quiroga, vivía en la misma dirección que la familia Joffé. Es probable que enviara esta tarjeta a Fanny, junto con las instrucciones de la UGIF para la respuesta. De hecho, un borrador fechado el 19 de octubre de 1943 es una respuesta a Georges:

Mi querido hermano: recibí la postal que me enviaste. Todos gozamos de buena salud. Llevo dos meses casada. Quiero saber si tienes noticias de mis padres. Tenemos buenas noticias de Rosette y Jacques. Por favor, responde pronto. Tu Fanny.*

---

* La traducción es aproximada porque, según el traductor, la persona que escribió la carta no era germanista y es una mezcla de alemán, yiddish y francés.

No hay constancia de que esta carta saliera, pero en la tarjeta de la UGIF se mencionan 18 envíos, entre el 18 de octubre de 1943 y el 24 de julio de 1944.

Georges fue registrado en Auschwitz con el número 102417. Esta información aparece en una lista de prisioneros del bloque 12, lamentablemente sin fecha, que fueron vacunados contra la fiebre tifoidea. Los presos que recibían este tratamiento eran asignados, por lo general, a kommandos de trabajo considerados prioritarios.[15] Estos son los únicos rastros de Georges Joffé en Auschwitz. No volvió de la deportación, ni su hermana Liliane, ni sus padres.[16]

LUCIEN BLOCH

No tenemos la carta que Lucien Bloch escribió en el campo de Birkenau y que dirigió a sus padres. Solo se ha conservado el talón que se adjunta a la respuesta y que proporcionaba la UGIF.

Lucien Bloch nació el 28 de junio de 1906 en Haguenau. Sus padres, Léonce y Anna, formaban parte de los miles de judíos evacuados de Alsacia que encontraron refugio en Bergerac, en la Dordoña.[17]

Lucien, por su parte, vivía en Burdeos; tuvo varios empleos, se esforzó por encontrar trabajo e incluso llegó a hacer un viaje de ida y vuelta a París en agosto de 1941 para conseguir algún empleo. Pero sus esperanzas se desvanecieron y regresó a Burdeos el 20 de agosto.

Lucien, de 36 años y soltero, era muy unido a sus padres, con quienes mantenía una correspondencia regular. En sus cartas siempre era tranquilizador y, siempre que le era posible, les enviaba un giro postal para mejorar su vida cotidiana; eran demasiado viejos para trabajar y sus recursos eran escasos:

Burdeos, 12/05/1941

Queridos padres:
He recibido su carta y me alegra saber del nacimiento de mi nueva sobrina. Sigo gozando de buena salud, solo que el trabajo deja mucho que desear. He hecho todo lo posible por ir a verlos, pero me ha sido imposible. Llevo algún tiempo esperando

el permiso para enviarles un giro postal de nuevo. Saludos a Lucie y a Joseph.

    Mil besos, Lucien

París, 04/08/1941
Queridos padres:
Llevo unos días en París buscando trabajo. Pero es muy duro y la vida es más cara que en otros lugares. Estoy pensando en volver a Burdeos la semana que viene. He conocido a muchos alsacianos que se han instalado bien aquí. Pronto voy a solicitar la entrada en la zona libre. Espero que todos gocen de buena salud y les envío mis mejores deseos.
    Lucien

El 12 de agosto escribió desde Burdeos:

> Queridos padres: pronto les enviaré un pequeño giro postal, así como un paquete para la pequeña. Por favor, escríbanme tan pronto como lo reciban. [...]

Unas semanas después de su regreso de París, el 22 de septiembre, Lucien fue detenido en Castillon, un pueblo situado a unos 50 kilómetros al oeste de Burdeos. Era ese el lugar donde la línea de demarcación separaba la zona ocupada de la zona libre. Este fue el motivo de su detención. ¿A dónde se dirigía Lucien, al encontrarse de nuevo sin trabajo? Tal vez quería ir a buscar a sus padres.

Por haber intentado cruzar ilegalmente la línea de demarcación, Lucien fue juzgado, condenado y encarcelado, primero en Libourne y luego enviado al campo de Beaudésert en Mérignac, a donde llegó el 2 de octubre de 1941. Una vez trasladado al Fuerte de Hâ, en Burdeos, pudo por fin escribir a sus padres:

>Fuerte de Hâ, 20 XII 41
>Celda 48, sección alemana
>Burdeos

Queridos padres:

Con lágrimas en los ojos he recibido su paquete. Se los agradezco infinitamente.

Fui arrestado el 22.9.41 en Castillon por cruzar la línea de demarcación para reunirme con ustedes. Por ello, estuve 8 días en prisión y de ahí me enviaron a un campo de concentración y 8 días finalmente a Fuerte de Hâ. Todavía no sé por qué no me liberaron como a los demás. Estimado padre, le ruego que dirija al *Feldkommandant* [...] una solicitud de indulto haciendo uso de su hoja de servicios del 14 al 18 [...].

En cuanto se entera de la detención de su hijo, Léonce intenta por todos los medios obtener noticias y su liberación: se dirige sucesivamente a las autoridades alemanas y francesas: a los Kreis-kommandanten de Burdeos, al alcalde de la ciudad, al rabino mayor de Burdeos e incluso a Pierre Pucheu, secretario de Estado del Interior. Pidió «una prueba de vida de nuestro único y pobre hijo». Finalmente, gracias a los oficios del señor Grouet,* el 12 de diciembre de 1941 Léonce obtuvo por fin información sobre su paradero. A partir de entonces se le autorizó a escribirle y enviarle paquetes.

Más de cuatro meses después de su detención, Lucien fue trasladado al campo de Compiègne-Royallieu, Frontstalag 122, situado en la región de Oise, a unos cincuenta kilómetros al norte de París. Apenas le fue posible, escribió a su padre:

---

* El señor Grouet tiene su domicilio en el 54 de la rue Hâ, en Burdeos. No conocemos el vínculo entre ellos.

Compiègne, 16 de febrero

Queridos padres:

Estoy en Compiègne desde el 9 de febrero, con excelente salud y ánimo. Envíenme por paquete exprés (ferrocarril) una camisa azul oscuro, calcetines, pantalones, bufanda, cosas no perecederas y sobre todo pan. Mi cuchillo y mi tabaco. Puedo recibir cuatro cartas al mes. Espero que también hayan recibido noticias de Burdeos y que todo marche bien en casa.

El hijo de los Sommer de Haguenau y varios alsacianos están allí.

Muchos besos,
Lucien

El nombre de Lucien no aparece en las listas de los convoyes de deportación, pero si sabemos con precisión la fecha de su partida hacia Auschwitz es porque escribió una última misiva que lanzó desde el tren de deportación agradeciendo que la persona que encontrara la carta la enviara a sus padres:

Queridos padres:
Me van a deportar a Alemania. Siempre pensaré en ustedes, valor y ánimo alto.
Lucien

La carta lleva la fecha del 7 de julio de 1942, que corresponde al llamado convoy «45 000», un convoy de deportados como medida de represión (combatientes de la Resistencia y opositores políticos) que también llevaba a unos cincuenta judíos. Lucien era uno de ellos.[18]

El convoy llegó a Auschwitz-Birkenau el 8 de julio. Allí, Lucien fue claramente identificado como judío. Prueba de ello es la tarjeta que envió a su padre, escrita en el contexto de la *Brief-Aktion* y enviada a la UGIF.

No se ha encontrado, pero su contenido habría sido probablemente similar al de otras dentro de la operación. Sin embargo, tenemos los numerosos pasos dados por Léonce, que han dejado muchas huellas.

Según los archivos conservados en la DAVCC, la tarjeta escrita por Lucien llevaba el número 208 y llegó a las oficinas de la rue Jean-Baptiste-Pigalle el 8 de marzo de 1943, es decir, ocho meses después de su deportación a Auschwitz. Como era el procedimiento, al recibir la carta de Lucien la UGIF la registró antes de enviarla al destinatario, en este caso, su padre Léonce. A esta tarjeta se adjuntó un documento con las instrucciones para el envío de respuestas, así como un talón redactado de la siguiente manera:

> Esta tarjeta autoriza al portador a entregar una tarjeta de respuesta para Bloch Lucien del campo de Birkenau durante un plazo de ocho días después de la entrega de esta. París, 14 de marzo de 1943.

La carta llegó a Léonce, que se apresuró a responder a su hijo, del que no tenía noticias desde el 6 de julio de 1942, fecha de su partida para la deportación. Como Léonce dominaba perfectamente el alemán, no le resultó difícil cumplir las instrucciones: escribió a su hijo siete veces.

Cauteloso, llevaba la cuenta de cada carta que escribía. Así podemos leer el borrador de una carta fechada el 12 de abril que dirigió a la UGIF:

> Señor, al recibir su estimada carta del 1° de abril, le adjunto de nuevo una carta para mi hijo en cautiverio (Arbeitslager Birkenau bei Neuburn), pidiéndole que tenga la amabilidad de hacérsela llegar.
>
> Con mi mayor agradecimiento, acepte, estimado señor, mis sinceros saludos.

Léonce siguió escrupulosamente las normas que se le habían dado, respetó las fechas de envío y se mostró muy cortés con el representante de la UGIF. Pero a pesar de todas estas precauciones, no tuvo noticias de su único hijo.

Según un compañero deportado con él, Lucien salió de Auschwitz-Birkenau en octubre de 1944 con un grupo de 180 prisioneros; nunca se le volvió a ver.

En el expediente de Lucien Bloch, conservado en los archivos del SHD, podemos leer una carta que Léonce envió al Servicio de Pensiones en febrero de 1946;[19] en ella daba algunos detalles sobre la detención y deportación de Lucien, con el fin de obtener el título de beneficiario de su hijo desaparecido. «Desde ese día [de su deportación], no tuve ninguna señal de mi hijo y desapareció toda esperanza de creer que sigue vivo».

Casi un año después del regreso de los deportados, Léonce había perdido toda esperanza de que regresara, pero no menciona las últimas noticias que recibió de él en marzo de 1943.[20]

BERTHE FALK

Descubrí la historia de Berthe Falk por casualidad, cuando fui a recoger los archivos de quien sería después su cuñada, Suzanne Waligora. Ambas mujeres fueron deportadas y devueltas, pero las similitudes terminan ahí.

Suzanne, nacida en Rodez en 1929, fue deportada en mayo de 1944, en los últimos meses de la Ocupación. A su regreso se casó con Joseph Falk, el hermano menor de Berthe.

Berthe Falk es mucho mayor que Suzanne. Al igual que su hermano, nació en Rumania, en la pequeña ciudad de Galaţi, el 9 de septiembre de 1911. Llegó a Francia para estudiar Ciencias y superó las pruebas para obtener el certificado de estudios superiores en Química General, Química Biológica, Química Aplicada y Mineralogía, convirtiéndose así en licenciada en Ciencias. Soltera, vivía en el 147 de la avenue de Suffren, en el distrito xv de París. En tanto que su hermano Joseph abandonó París en 1940 para unirse a la Resistencia en la región de Lyon, Berthe permaneció en la capital y siguió trabajando. Se carteaban regularmente, intercambiando noticias de sus vidas, de sus amigos. Sin embargo, en julio de 1942 Berthe fue detenida e internada en el Velódromo de Invierno, como se desprende de la ficha elaborada a su llegada al campo de Pithiviers, el 21 de julio de 1942. ¿Por qué se envió a Berthe al Velódromo de Invierno, cuando normalmente se enviaba a los solteros sin hijos directamente al campo de Drancy? La hipótesis más probable es bastante sencilla: el domicilio de Berthe estaba muy cerca del Velódromo de Invierno y no transitó por otro centro de reunión.*

El 30 de julio siguiente, apenas una semana después de su llegada al Loiret, Berthe fue deportada en el convoy número 13 con destino a la Alta Silesia. Era pleno verano y el calor era abrumador. Llegó al campo de Auschwitz-Birkenau después de 48 horas en un vagón de ganado con docenas de otras personas. Muy poco pan, nada para beber, las condiciones eran espantosas. Nada más bajarse del vagón, Berthe rechazó la oferta de continuar el viaje en camión. A pesar de su cansancio, prefirió caminar. Más tarde se enteraría de que sus compañeros que habían decidido subir a los camiones habían sido llevados directamente a la cámara de gas.

Entrevistada por un periodista tras la Liberación, Berthe describió su calvario diario:

> La muerte era la actividad principal de estos campos, de los cuales Auschwitz era el centro. Todo lo demás, la construcción de caminos, de drenaje, el trabajo de las tierras y las plantaciones eran solamente una «fachada». El miedo, el hambre y la fatiga eran omnipresentes. No poder calmar un estómago vacío ni dormir lo suficiente es una sensación terrible. Era peor aún estar completamente a merced de las crueles, cínicas e imprevisibles ss.**

En el campo, los días eran interminables, el trabajo difícil y los guardias exigentes. Las mujeres solían hacer el mismo tra-

---

* Durante la redada del Velódromo de Invierno se crearon centros de reunión en cada distrito. Desde allí, los detenidos eran clasificados y transportados en autobús, según el caso, al Velódromo de Invierno para las familias y los adultos con niños menores de 15 años, y al campo de Drancy para los demás. El caso de Berthe es una excepción.

** Copia mecanografiada de un artículo titulado «Life in Auschwitz» (*Stars and Stripes*) [«La vida en Auschwitz» (Barras y Estrellas)] dirigido al sargento Lichtenberger. Se desconoce si el artículo se publicó en ese periódico de las fuerzas armadas estadounidenses.

bajo que los hombres. Se les prohibía hablar con ellos, pero a veces intercambiaban algunas palabras, desafiando las órdenes de sus verdugos, lo que no hacía sino reforzar la solidaridad entre los dos sexos.

Las semanas y los meses pasaron muy lentamente, pero en el verano de 1943, tras un año de duro trabajo, se produjo un gran cambio en la vida de Berthe. Las ss se enteraron de que trabajaba como química en París. La trasladaron al *Pflanzenzucht kommando* de Rajsko, que empleaba a un centenar de mujeres, la mayoría biólogas, botánicas y químicas; un gran número de ellas eran francesas.[21] Trabajaban en la explotación de una planta descubierta por los alemanes mientras avanzaban sobre la URSS. La planta era llamada *kok-saghyz*, cuya raíz segrega un látex rico en caucho de excelente calidad. Se construyeron grandes invernaderos y se sembraron unas diez hectáreas. Se empleó a muchos prisioneros para cultivar la tierra, y en cambio se instaló a los botánicos y químicos en laboratorios bien equipados para estudiar la planta, con el fin de que su rendimiento fuera óptimo. El equipo de Berthe estaba dirigido por la jefa del laboratorio, la señora Lugovoy, que a su vez se encontraba bajo las órdenes del *Obersturmbannführer* Caesar.

Supervisados por personal con poca competencia científica, Berthe y sus compañeros pudieron realizar sabotajes, produciendo deliberadamente resultados erróneos. Las condiciones de trabajo en este kommando eran mucho más soportables que el destino reservado a sus compañeros que permanecían en el campo de Birkenau, pero la amenaza de castigo era permanente a la menor desobediencia. Es lo que le ocurrió a Berthe, que fue castigada por haber escrito un texto en el que expresaba su sueño de una Francia liberada y una Alemania nazi derrotada. Había escuchado las noticias del desembarco aliado en Provenza y había empezado a esperar que su pesadilla terminara pronto. Esta tontería casi le cuesta la vida. Descubrieron sus notas y enviaron a Berthe a un kommando disciplinario durante varias semanas; si evitó la muerte fue gracias a la intervención del hombre de las ss encargado del laboratorio.

En el kommando disciplinario las jornadas de trabajo eran de 15 horas, y el hambre era aún peor que en el resto del campo. Berthe se reunió con sus compañeros en Rajsko poco antes de ser evacuados a Ravensbrück. En marzo de 1945, tras varios meses de trabajo en el laboratorio del campo, fue trasladada de nuevo, esta vez a Mauthausen. Aprovechó la confusión causada por un bombardeo aéreo para intentar escapar. Varios de sus compañeros murieron, ella misma resultó herida y despertó en el hospital. Unos días más tarde Berthe, recién recuperada del ataque, fue llevada al hospital. Los guardias de las ss la despertaron a ella y a sus compañeros pidiendo a todos los franceses, belgas y neerlandeses que se vistieran y se prepararan para salir. Temía que la enviaran de nuevo hacia otro campo, pero entonces apareció un desconocido que hablaba en francés. Se trataba de un médico suizo, representante de la Cruz Roja, quien informó a los prisioneros que eran libres y su salida era inminente. Los evacuaron a Suiza en camiones blancos con una cruz roja. El 24 de abril de 1945 Berthe estaba camino a la libertad. Cuatro días después llegó a París.

Su primera carta, escrita desde el campo de Auschwitz-Birkenau, estaba fechada el 15 de junio de 1943. Casi un año después de su deportación. La UGIF la registró con el número 2020, escrito con lápiz azul en la parte superior derecha. Por desgracia, la ficha de la UGIF no se encuentra en los archivos de la DAVCC, y para saber exactamente cuándo llegó la carta de Berthe a Francia tenemos que remitirnos a las misivas con los números inmediatamente anteriores y posteriores. Esto nos permite establecer que la primera tarjeta de Berthe llegó el 25 de octubre de 1943. La segunda tarjeta lleva el número 2894. Utilizando el mismo método, sabemos que llegó a París el 29 de noviembre de 1943.

Había pocas posibilidades de que las cartas llegaran a nosotros. No iban dirigidas a su hermano Joseph, sino a una amiga, la señora Anne-Marie Erschinger, que vivía con la señora Souchier, en Aouste, en la Drôme.*

15 de junio de 1943

Mi queridísima Anne Marie:
Me encuentro bien de salud y espero tener pronto noticias tuyas. Me gustaría saber cómo está la familia de Thilde. Escríbeme cómo te va y cómo vives. Cualquier cosa que venga de ti me hace feliz. Dale mi amor a Otti y a sus hermanos y hermanas.
Te abrazo con todo cariño, siempre tuya
Bertha

25/X/1943

Mi querida Anne-Marie: qué alegría me da escribirte, pero todavía no he recibido ninguna respuesta a mis 5 postales. Espero que tú y tu familia gocen de buena salud, pero oírlo de ti en persona me haría enloquecer de alegría. También estoy sin noticias de la familia de Thilde. Pienso en ustedes muy a menudo, por lo demás, estoy bien. Gracias por los hermosos paquetes de alimentos, a través de la Cruz Roja, que llegan en muy buen estado. ¡Mi querida Anne-Marie, en mis pensamientos y en mi corazón estoy contigo y es tan hermoso! Responde en alemán. Un beso para todos mis queridos y para ti un abrazo cariñoso.
Berthe

Las dos mujeres siguieron en contacto después de la guerra. Una carta escrita por Anne-Marie tiene fecha del 17 de diciembre de 1945:

---

* Probablemente se trate del municipio de Aouste-sur-Sye.

> Querida amiga:
> Esta mañana, tu afectuosa carta me hizo llorar. Representas para mí tantos recuerdos sensibles: tú, mi madre, el laboratorio, París... Un periodo del otoño de mi vida que temo que haya sido abolido sin retorno. Un periodo tan feliz y fácil antes de la guerra [...].

¿Las hizo llegar a Anne-Marie o a Joseph?

Junto a las tarjetas escritas en alemán había recibos de correos dirigidos a Berthe Falk; *Arbeitslager Birkenau bei Neuburn, Oberschlisen*. Llevan las fechas 7, 15 y 26 de enero de 1944. No se menciona el nombre del remitente. No hay constancia de si alguno de estos paquetes llegó a Berthe, que estaba en el kommando de Rajsko en ese momento. ¿Acaso se pudo beneficiar de una oportunidad, de la complicidad de un camarada? Son preguntas que nunca se plantearon.

A su regreso de los campos, se unió a la *Amicale* de Auschwitz. El 2 de agosto de 1946 recibió una orden de misión del Ministerio de Veteranos y Víctimas de Guerra para ir a Baden-Baden y a Rumania a realizar una investigación sobre los deportados que todavía estaban allí. Al año siguiente fue una de las testigos francesas en el juicio de Auschwitz en Cracovia.

Berthe murió de cáncer en 1948, tres años después de su liberación.[22]

MENDEL-MARCEL APTEKIER

La familia Aptekier vivía en París y trabajaba en el comercio de pieles. El padre Joseph, nacido el 15 de octubre de 1893 en Wysokie, Polonia, se casó con Bajla Kafenbaum, con quien tuvo cuatro hijos: Mendel y Salomon, nacidos en Varsovia, Jacques y Albert, nacidos en París.

Los Aptekier abandonaron Polonia y las persecuciones antisemitas en febrero de 1924 para llevar una vida mejor en Francia, el país de los derechos humanos y la libertad. Todavía no sabían el precio tan alto que pagarían en su nueva patria.

Mendel nació el 4 de febrero de 1920 y se hacía llamar «Marcel». Vivía con sus padres y hermanos en su pequeño departamento parisino en el 27 de la rue du Château-d'Eau, en el distrito x, a un paso de la Gare de l'Est.

Salomon, conocido como «Simon», nació el 22 de julio de 1921. Sirvió en el ejército francés y lo condecoraron por sus hazañas de armas.* Simon no tenía aún 20 años cuando lo requirieron para que se presentara a un «examen de situación» el 14 de mayo de 1941 en el gimnasio Japy, en el distrito xi. Esta redada, conocida como la del «billete verde», fue la primera de las operaciones masivas de detención de judíos que tendrían lugar en París entre 1941 y 1944.** Los 3 710 hom-

---

* Simon-Salomon Aptekier, voluntario, fue herido por metralla el 12 de junio de 1940, y se le concedió la *Croix de Guerre* con una mención de honor en la orden del regimiento por haberse «comportado muy brillantemente durante el fuego».

** La «redada del billete verde» del 14 de mayo de 1941 fue la única que se

bres arrestados fueron trasladados el mismo día a campos en Loiret, Pithiviers y Beaune-la-Rolande.

Internado en el campo de Pithiviers, en el barracón 12, aprovechó la primera oportunidad que tuvo para escapar y llegó a París en agosto de 1941. Unas semanas más tarde abandonó la capital para dirigirse a la región de Lyon, donde se unió a la Resistencia.

Durante la redada del Velódromo de Invierno, Joseph, Bajla y sus hijos menores se refugiaron en casa de Yvonne Peltel. Esta mujer católica de gran corazón era la viuda de un judío polaco que murió antes de la guerra. Entre sus amigos y conocidos había muchos judíos. En su departamento del distrito III acogió a varias familias, salvándolas de la detención. Unos días después de las terribles jornadas del 16 y 17 de julio de 1942, cuando la calma parecía haber vuelto, sus protegidos regresaron a casa.*

Por desgracia, el respiro duró poco para los Aptekier. El 6 de noviembre de 1942 el jefe de familia Joseph-David** fue detenido por orden de las autoridades alemanas. Lo internaron en Drancy y lo deportaron apenas cinco días después.

En esa época el ritmo de los convoyes era intenso: partían cada dos o tres días. Drancy se había convertido en campo de tránsito. La mayor parte de los judíos detenidos pasaban allí algunos días.

Un mes más tarde el destino jugó de nuevo en contra y esta vez fue Marcel, el mayor de los cuatro chicos, quien fue detenido junto con su hermano menor, Jacques. Entraron en el campo de Drancy el 9 de diciembre de 1942, pero no se reunieron con su padre, que había sido deportado un mes antes.

---

llevó a cabo en Francia a través de una convocatoria individualizada. Se distribuyeron 6 694 «billetes verdes» a hombres judíos extranjeros, de entre 18 y 60 años, que se habían declarado durante el censo de octubre de 1940. Casi 60% de los convocados se presentaron, es decir, 3 710 hombres.

* El 24 de noviembre de 1997 Yad Vashem concedió a Yvonne Peltel el título de «Justa entre las Naciones».

** Joseph David Aptekier fue deportado en el convoy número 45 el 11 de noviembre de 1942.

El motivo de su detención figura en su formulario de ingreso: «infracción a dos órdenes alemanas»: la orden del 28 de mayo de 1942 que exigía que los judíos de la zona ocupada llevaran la estrella amarilla, y la orden del 8 de julio de 1942 que regulaba el acceso de los judíos a los lugares públicos. En otras palabras, Marcel y Jacques fueron arrestados porque estaban en un lugar en el que no se permitía el acceso a judíos que no portaran la estrella amarilla.

Jacques solo tenía 15 años, y la UGIF consiguió su liberación para que pudiera ser acogido en uno de sus hogares para chicos, la escuela de trabajo ORT de la rue des Rosiers. Salió de Drancy el 28 de diciembre de 1942.*

Cinco meses después el adolescente temiendo ser detenido otra vez, se escapó del establecimiento y se refugió de nuevo en casa de la señora Peltel antes de ir a la zona sur.

Marcel permaneció en Drancy durante varias semanas. El ritmo de los convoyes disminuyó. No hubo salidas entre el convoy número 45, que llevó a su padre el 11 de noviembre de 1942, y el número 46, que lo llevó a Auschwitz-Birkenau el 9 de febrero de 1943.

A su llegada al campo, el joven, en la flor de la vida, pasó la prueba de selección; su número era el 101 044.

Marcel fue deportado con varios compañeros, entre ellos Simon Tréguier.** Simon era cinco años más joven que Marcel, y fue deportado con su hermano, Samuel, nacido en 1923. Sus padres y su hermana menor fueron detenidos durante la redada del Velódromo de Invierno y deportados varios meses antes.

---

* La Organización para la Reconstrucción del Trabajo (ORT), ahora servicio 32 de la UGIF, que inicialmente era un centro de formación de aprendices, fungía como centro de recepción y alojamiento para los chicos acogidos por la UGIF.

** Simon Tréguier nació el 2 de diciembre de 1925. Fue deportado con su hermano Samuel en el mismo convoy que Marcel. Los dos hermanos volvieron de la deportación. Sus padres, Kalman y Baty, y su hermana Denise fueron deportados antes que ellos y no regresaron.

En 1945, en una carta a la madre de Marcel, Simon, que acababa de ser repatriado, describía su viaje. Los chicos que se conocieron en Drancy partieron juntos hacia Auschwitz. Desde allí los trasladaron a Golleschau, un kommando de trabajo a unos 80 km de Auschwitz, en la frontera checa, inaugurado en julio de 1942.

Era uno de los satélites más importantes de Auschwitz. Como cantera y fábrica de cemento, albergaba entre 400 y 500 prisioneros en promedio, que llegaron a mil en la primavera de 1944.

A Marcel se le asignó trabajar en el carbón, mientras que a Simon lo enviaron a una cantera de piedra. En enero de 1945 se evacuó el kommando debido al avance de las tropas soviéticas y se replegó en el campo de Sachsenhausen. Tras diez días de viaje, llegaron exhaustos y en un estado lamentable. Allí, según nos cuenta Simon Tréguier, Marcel fue víctima de una «selección».* Era enero-febrero de 1945.

En efecto, la dirección del *Kommando Golleschau* es la que aparece en las dos cartas escritas por Marcel. La primera está fechada en octubre de 1943, el 5 o el 25, el número es difícil de leer, pero fue registrado por la UGIF con el número 2 797 hasta el 20 de noviembre de 1943, es decir, no mucho después.

Marcel escribió a una amiga, Germaine Lizot, que vivía en el número 23 de la rue de Fourcroy, en el distrito XVII de París:

Golleschau, 15 de octubre

Querida familia:

Tengo buena salud y les agradezco el paquete. Deseo que todos gocen de buena salud. Espero su rápida respuesta escrita en alemán.

Saludos cordiales de su Marcel Aptekier

---

* En el lenguaje del campo de concentración, una «selección» es una operación realizada por las SS que consistía en designar a los deportados que debían ser enviados a las cámaras de gas.

La segunda tarjeta la envió a un hombre llamado Charles Erenst, en Lyon, pero se dirigía a su madre:

>Golleschau, 9 de enero de 1944
>
>Querida madre:
>Te aviso que estoy trabajando aquí, que gozo de buena salud y que estoy bien. Espero que tú y toda la familia estén bien. Escribe rápido y en alemán. Espero tener noticias tuyas pronto. Muchos besos.
>   Tu agradecido hijo,
>   Marcel

Bajla salió de París. Probablemente, gracias a la intervención de Simon, quien hizo varias maniobras para poner a salvo a su madre y a sus dos hermanos menores; todos ellos encontrarían refugio en la zona de Lyon.

Esta segunda carta está registrada con el número 3 994. La fecha no es legible. Se puede leer el día (el 9) y el año 1944, pero no el mes. Sin embargo, sabemos que llegó a la UGIF el 25 de julio de 1944.

Estas son las últimas noticias que recibimos de él. Ni Marcel ni su padre volvieron de la deportación.

Tras la guerra, Simon asumió el papel de cabeza de familia. Tuvo que interponer una demanda para recuperar el departamento de la rue du Château-d'Eau, donde Bajla pasó sus últimos días; falleció en julio de 1959.[23]

ABRAHAM-ANDRÉ BALBIN

[París]
05/01/1944

Estimado señor Balbin:
Lamentamos comunicarle que su tarjeta dirigida a los señores Balbin, Hôpital Rothschild, número 20 de la rue de la Bienfaisance, distrito xx, París, no se ha podido entregar y le rogamos que dirija su próxima correspondencia a otra persona.
Firmado: K. Schendel

Estas son las palabras de Kurt Schendel, jefe de la oficina de enlace de la UGIF con las autoridades alemanas, que escribió a André Balbin, quien estaba en Birkenau desde su deportación en el convoy número 4, que salió de Pithiviers el 22 de junio de 1942.

André Balbin escribió dos misivas en el marco de la *Brief-Aktion*. La primera dirigida a los señores Fisele, registrada con el número 193, con fecha 8 de marzo de 1943. No se emitió inmediatamente, ya que se notificó a los destinatarios que habían recibido una carta a través del boletín de la UGIF, en sus números del 9, 16 y 23 de abril de 1943. En la publicación, el nombre mencionado pasó a ser Gisèle. La carta se les entregó, pues la ficha de la UGIF indica que hubo una respuesta el 29 de abril de 1943.

Hubo una segunda misiva escrita por André Balbin, esta vez dirigida a sus padres, indicando como dirección: «Señores

Balbin, Hôpital Rothschild, UGIF, 20 de la rue de la Bienfaisance, París XX». Esta carta no tenía ninguna posibilidad de llegar a sus destinatarios. Todo es falso en esta dirección: sus padres no estaban en el Hôpital Rothschild, y André lo sabía porque creía que estaban a salvo en la Gironda, donde él mismo los había instalado. La dirección del hospital no es la rue de la Bienfaisance, sino la rue de Santerre, en el distrito XII de París, y la rue de la Bienfaisance, donde se encuentran las oficinas de la UGIF, no está en el distrito XX, sino en el VIII. ¿Por qué esta sucesión de errores? ¿Pudo haberlo hecho a propósito André para llamar la atención sobre esta carta que, según él, era solo un señuelo para engañar a sus padres?

Kurt Schendel, como buen director de su departamento, hizo todo lo posible por entregar la carta a sus destinatarios. Una vez más, utilizó el boletín de la UGIF para informar a los señores Balbin que había llegado una carta el 12 de octubre de 1943, esta vez con el número 910, y que debían presentarse para recibirla. La información se publicó varias veces entre el 12 de noviembre de 1943 y el 4 de febrero de 1944. Mientras tanto, Kurt Schendel tomó la iniciativa de contestar él mismo a André Balbin. Le escribió a Birkenau pidiéndole que dirigiera sus próximas cartas a otra persona.

Este judío alemán, abogado inscrito en la barra de abogados de Berlín, privado de su derecho a ejercer y obligado a abandonar Alemania en 1933 con el advenimiento del nazismo, despojado de su nacionalidad, y que se había incorporado a las filas de la UGIF desde abril de 1942, ¿creía sinceramente que era posible mantener una correspondencia normal y regular con los deportados del campo de Auschwitz? ¿En verdad creía en la veracidad de los mensajes de las cartas que veía pasar por miles en las oficinas del departamento número 36, afirmando que los deportados se encontraban bien y que estaban trabajando?

Este es el texto que incluía en la presentación de las listas en el periódico de la UGIF:

Correo pendiente proveniente de judíos que se encuentran en los campos de trabajo.

Es posible que el siguiente correo no haya podido entregarse. Se pide a los destinatarios o amigos del remitente que reclamen el correo, indicando nombre del remitente y número colocado junto al nombre.

Las respuestas dirigidas a personas que trabajan en los campos no deben ser franqueadas.

Inútil preguntar si hay correo entrante. Una vez recibido, entregamos el correo con la mayor celeridad; sin embargo, no estamos en posibilidad de realizar investigaciones sobre personas que no han escrito.

Toda correspondencia debe dirigirse a la UGIF, Servicio 36, número 19 de la rue de Téhéran.

Las personas a quienes se ha citado y que viven en París pueden acudir a nuestras oficinas en el número 4 de la rue de Pigalle, París 09 (La rue de Téhéran no recibe).[24]

A pesar de todos los esfuerzos, la carta que escribió André a sus padres no les llegó. Todavía se encuentra en los archivos del SHD, conservada con las otras 250 que no se entregaron a sus destinatarios.

Esta tarjeta, escrita de forma muy legible en letras mayúsculas, no tiene fecha. No llegó a los padres de André, pero este último sobrevivió a la deportación.

Abraham Balbin, conocido como «André», nació el 12 de mayo de 1909 en Tomaszów (Polonia), entonces parte integrante del Imperio ruso, en el seno de una familia judía muy piadosa. El menor de siete hijos, como muchos de sus compatriotas, dejó un país donde reinaban la intolerancia y el antisemitismo para encontrar la paz en Francia, la «Tierra Prometida», sinónimo de libertad y derechos humanos. En 1927 estuvo en Nancy, donde se reencontró con un hermano y dos de sus hermanas. Cuatro años después, toda la familia logró reunirse por fin, pero la amenaza reapareció. Una vez más, André y su familia tuvieron que enfrentarse a la xenofobia y el antisemitismo.

Cuando se declaró la guerra, André y su hermano se presentaron como voluntarios y acudieron a la oficina de reclutamiento. Nunca los llamaron a filas. En 1940 decidieron abandonar Lorena. André llevó primero a sus padres y a una de sus hermanas a la Dordoña antes de instalarse en Branne, cerca de Libourne. Hizo otro viaje de vuelta para acompañar a otra hermana y a sus hijos. Su cuñado Israel decidió quedarse en Lorena con su mujer y sus hijos.

En mayo de 1940 André y su hermano Samuel decidieron ir a Burdeos para intentar subir a un barco y abandonar Francia. Por desgracia llegaron demasiado tarde y se perdió toda posibilidad de huir del país. Como no encontraron trabajo en Libourne, los dos hermanos probaron suerte en París. André fue arrestado por vez primera en Ausweis cuando se dirigía a reunirse con su cuñado, con el que comerciaba, y cumplió una pena de prisión en Langres y luego en Chaumont, en el Alto Marne. Tras su liberación regresó a París y un camarada lo convenció para que ayudara a distribuir *Notre parole* («Nuestra palabra»), un periódico clandestino en yiddish.

Meses más tarde, tras decidir abandonar París para reunirse con su familia en Branne, André fue detenido en un café durante un control policial. Fue condenado a nueve meses de prisión por violar el decreto de ley del 2 de mayo de 1938, pena que cumplió en la cárcel de Tourelles. Al final de su condena no fue liberado sino trasladado al campo de Pithiviers, a donde llegó el 21 de marzo de 1942. Allí se enteró de que su hermano Samuel había sido fusilado el 21 de febrero de 1942.* Tres meses más tarde, el 21 de junio, lo llamaron a filas:

---

* Samuel Balbin nació el 19 de abril de 1899 en Tomaszów, Polonia. Fue activista en organizaciones populares judías y participó en la distribución de la *Presse nouvelle* («Nueva prensa»). Antiguo miembro de las Brigadas Internacionales, fue detenido el 21 de agosto de 1941 e internado en el campo de Drancy, donde fue tomado como rehén y fusilado en Mont-Valérien el 21 de febrero de 1942 en represalia por un ataque a un soldado alemán en Tours.

su nombre aparecía en la lista de prisioneros que debían componer el cuarto convoy de judíos que saldría de Francia hacia Auschwitz-Birkenau, a donde llegó el 24 de junio.

Se asignó a André a varios kommandos de movimiento de tierra y de construcción: para construir carreteras, un canal y luego nuevas barracas como parte de un proyecto de ampliación del campo. Pasó dos semanas en el *Begrabungskommando*, que tenía como tarea cavar las fosas en las que se arrojaban los cuerpos de los judíos asesinados que se cubrían con cal. Consiguió que lo transfirieran al kommando de electricistas. En su testimonio publicado en 1989 André recuerda: «Solo estuve en el kommando de la muerte durante quince días. Sin embargo, el olor que respiré nunca me ha abandonado. [...] En esas condiciones, no podía permanecer en el *Begrabungskommando* sin volverme loco». Después de Birkenau, André fue trasladado al campo de Auschwitz I, donde trabajó como sastre. Allí, tras la llegada en un convoy procedente de Francia en el que estaban algunos de sus conocidos de Nancy, se enteró de la detención de toda su familia, que creía a salvo en la Gironda. Tras varios traslados, en particular a los campos de Eintrachthütte y Monowitz-Buna, André Balbin fue dejado en la carretera durante la evacuación de enero de 1945 ante el avance de las tropas soviéticas. Finalmente fue liberado en Hirschberg el 8 de mayo de 1945 y repatriado a Francia el 12 de junio siguiente.

En su testimonio, aunque muy detallado, André Balbin nunca menciona las dos cartas. Sin embargo, en la página 90 de sus Memorias hay una copia de muy mala calidad de la primera que escribió, que muestra el número 193.[25] Solo se ha colocado con fines ilustrativos. La leyenda que él atribuye al documento ilegible dice: «Este es el tipo de carta que nos obligaron a enviar. Se trataba principalmente de que las ss enmascararan la realidad con detalles relativamente tranquilizadores que pretendían calmar los legítimos temores de familias especialmente preocupadas. Era también y sobre todo una forma de obtener direcciones para nuevas deportaciones».

André Balbin falleció el 11 de septiembre de 2003 a la edad de 94 años.[26]

SEGUNDA PARTE
LAS CARTAS CLANDESTINAS

En paralelo a la *Brief-Aktion*, hubo una segunda serie de cartas procedentes de Auschwitz, calificadas como «clandestinas» porque no pasaban por los canales establecidos por los nazis, sino a través de prisioneros franceses que actuaban como prestanombres.

Esta correspondencia, sin precedentes por su extensión y contenido, es un testimonio único de las condiciones de vida de los judíos, aunque no es representativa de todos los deportados.

En el vasto e inmenso complejo que era Auschwitz, así como en sus campos anexos, los deportados judíos pudieron, a partir de la primavera de 1943, comunicarse con franceses, requisados por los alemanes en el marco del Servicio de Trabajo Obligatorio (STO).*

En teoría, estas reuniones eran imposibles. Los trabajadores del STO no tenían el mismo estatus que los deportados judíos y no se alojaban en los mismos lugares. Además, estos trabajadores forzados podían escribir en francés a sus familiares y recibir paquetes y giros postales. Fue sobre todo durante el trabajo al aire libre y en las fábricas dependientes de Auschwitz que los judíos y los reclutas del STO provenientes de Francia pudieron encontrarse, hablar entre ellos y, a veces,

---

* Durante la Ocupación, el Servicio de Trabajo Obligatorio (STO) consistió en la requisición y traslado a Alemania de trabajadores franceses. Impuesto por la Alemania nazi al gobierno de Vichy para participar en el esfuerzo bélico, fue establecido por la ley del 16 de febrero de 1943 y movilizó a los jóvenes por grupos de edad durante dos años.

simpatizar. Algunos reclutas del STO aceptaron que los deportados judíos se beneficiaran de su derecho a la correspondencia, a menudo a cambio de una ventaja material o financiera, o simplemente por amabilidad y camaradería.

Aunque estas cartas pasaban por el circuito postal habitual, como demuestran las numerosas cancelaciones de los sobres, también pasaban por el censor antes de ser enviadas.

La correspondencia era más libre que en el caso de la *Brief-Aktion*, pero aun así era necesario ser precavidos, ya que una declaración demasiado explícita sería censurada de forma inevitable.

Para hacerse entender, algunos no dudaban en utilizar un «lenguaje codificado» para comunicarse con sus familias, que debían saber leer entre líneas un mensaje tranquilizador.

A partir de entonces se puso en marcha un complejo sistema de correspondencia. El miembro del STO que actuaba como prestanombres a veces firmaba la correspondencia. A cambio, los paquetes tenían que pasar por sus manos, antes de hacérselos llegar al destinatario final, y a veces se aprovechaba de ello.

Esta correspondencia es rica en información sobre la vida de los deportados en los campos, y los temas que se tratan son variados. En primer lugar está la legítima preocupación por sus seres queridos y la seguridad de que están sanos y a salvo en Francia, a pesar de las continuas redadas y persecuciones.

A través de estas cartas se conservaba un vínculo tenue, pero real, entre las familias, y se mantenía viva la esperanza de volver a casa.

Una gran parte de esta correspondencia se refiere al envío de paquetes de alimentos. Los deportados estaban desprovistos de todo, sufrían los rigores del clima y los malos tratos de sus carceleros, y estaban permanentemente atormentados por el hambre; las peticiones de alimentos, ropa de abrigo o medicamentos, con recomendaciones sobre las condiciones de envío y embalaje, eran esenciales para su supervivencia.

Algunas cartas daban información sobre la vida cotidiana en Auschwitz: «Esta carta, escrita de prisa, es para decirles que estamos bien y que no se preocupen», escribió Simon Cohen a sus padres a finales de junio de 1944 para tranquilizarlos. Hoy sabemos que no fue así y que, deportado desde septiembre de 1942, al igual que los demás judíos, trabajaba más de 12 horas diarias en condiciones espantosas.

También aquí es imposible decir la verdad, pero nos enteramos de sus colegas, de sus *kapos*,* de los empleos que tenían, fuera o en el taller, que eran menos duros que en el campo principal, y que algunos esperaban conservar: «Trabajo en buenas condiciones, en una fábrica bien calefaccionada, y el aguanieve de marzo no me preocupa en absoluto», precisaba Léon Goldstein en una carta a su mujer en la primavera de 1944.

En medio de este infierno, la cultura sobrevivió. Aprovechando los raros momentos de descanso, el placer de la lectura les permitía olvidar por unos instantes el ajetreo cotidiano: «Durante el día, leía esta obra maravillosa y divina, *Imitación de Jesucristo*, y me daban ganas de rezar», escribió Léon Goldstein, quien, un poco más adelante, evocaba las discusiones filosóficas que los deportados podían mantener, así como las conferencias que preparaban para sus compañeros de prisión.

Por último, estas cartas nos dicen mucho sobre la condición humana.

Así, Sally Salomon, detenido en Toulouse en agosto de 1943, a lo largo de sus 22 cartas no dejó de pedir a su mujer, a veces con insistencia, que le enviara comida. Más tarde sabremos que no era para su consumo exclusivo, sino que compartía sus paquetes con sus compañeros de prisión, con lo cual

---

* Los *kapos* (llamados también *Funktionshäftlinge*) eran presos que ejercían funciones de supervisión y gozaban de privilegios en comparación con los demás internos (mejor alimentación y mejores condiciones laborales), lo cual aumentaba sus posibilidades de supervivencia. [*N. de la t.*].

dejó presente el recuerdo en el campo de los «franceses que hacían tanto por sus compatriotas».

Las cartas nos permiten ver que la relación entre las diferentes categorías de prisioneros en el campo de Auschwitz era más permeable de lo que se pensaba.

¿Cuántos deportados judíos pudieron beneficiarse de esas oportunidades? Es algo imposible de cuantificar al día de hoy. La correspondencia de Sally Salomon y de Léon Goldstein, notable por su volumen, son probablemente casos excepcionales.

SALLY SALOMON

El 5 de agosto de 1943, papá fue detenido en la calle en Toulouse cuando salía de una papelería, con el periódico en la mano. Un antiguo compañero de regimiento lo había denunciado como judío y como combatiente de la Resistencia. Entonces vivíamos en Cazères-sur-Garonne y papá iba cada semana a Toulouse, a unos sesenta kilómetros, a entregar zapatos y bolsas de rafia que hacíamos para sobrevivir. Esa noche, al no verlo regresar, mamá decidió ir a Toulouse al día siguiente para intentar encontrarlo. Armada con un paquete de comida, llamó a las puertas de los hospitales, y luego de las cárceles, para saber dónde estaba su marido. Finalmente, en la recepción de una prisión militar aceptaron el paquete.

Así es como Liliane contó la historia de la detención de su padre cuando, en 1991, asistió al Memorial de la Shoah para entregar las cartas que él había escrito. Fue hasta que tuvo 50 años cuando pudo leerlas. Hasta entonces, su madre, y luego ella, las habían conservado guardadas en una cómoda.

Su padre, Sally Salomon, nació el 24 de mayo de 1908 en Saint-Avold, Mosela. Se casó con Minna y tuvieron dos hijos: Liliane, nacida en 1935, y Georges, nacido en 1941. Sally era un hombre muy piadoso y pretendía educar a sus hijos en el respeto a la religión judía. En 1940 fue movilizado como sargento del Ejército Aéreo. Como la base de su regimiento estaba en el Alto Garona, llevó a toda su familia a vivir a Cazères-sur-Garonne, cerca de Toulouse. Tras la firma del armisticio, Sally decidió quedarse en la región, donde se estableció como comerciante.

En la primera carta escrita a su esposa desde el campo de Drancy, dice que fue detenido por error:

> Pensaban que era un ciudadano alemán. Por lo demás, una vez que te atrapan, todo termina y no hay posibilidad de escapar al destino. [Drancy, 15 de agosto de 1943]

A pesar de ello, Sally intentó «escapar de su destino». Tras quedarse solo en una habitación después de su detención, saltó por la ventana desde un primer piso. El intento de fuga duró poco, ya que Sally se rompió ambas piernas, con lo que puso fin a cualquier posibilidad de fuga. Antes de salir de la prisión consiguió pasar una nota a su familia a través de un compañero. La escritura es apenas legible, Sally anunció su traslado de Toulouse a Drancy.

El 15 de agosto de 1943 era domingo. En la carta escrita ese día afirma que llegó el viernes 13 de agosto, y que de inmediato lo llevaron a la enfermería para que le curaran las piernas; habían pasado ocho días desde su detención.

Lo que hace notable la correspondencia de Sally con su esposa es que es totalmente clandestina y no pasa por el circuito oficial de censura. Todo esto lo explica en sus cartas. A su llegada a Drancy, Sally tuvo un importante encuentro:

> Encontré a Paul, el padre de Bertrand, que es en extremo amable [...]. Tiene un trabajo de muy alto nivel y se ocupa de mí. En cualquier caso, hará todo lo posible para que no me falte nada. [Drancy, 15 de agosto de 1943]

A través del hombre al que llama «señor Paul», Sally consiguió mantener una correspondencia regular con Minna y le explicó cómo proceder:

> Deberás enviar tus cartas en un sobre dirigido al señor Paul, que deberá venir dentro de otro sobre dirigido a la señora Bellanger, número 6 de la rue Scipion, Distrito v, París.

El «señor Paul» en cuestión era un hombre llamado Paul Cerf, también de Saint-Avold, lugar donde se conocieron. A Paul Cerf lo detuvieron en Nîmes en febrero de 1943. Internado primero en el campo de Compiègne-Royallieu durante dos meses, fue trasladado a Drancy, donde se encontraba desde el mes de mayo. En este campo ocupaba un puesto importante empleado en el servicio de enlace con las autoridades alemanas. Desde esta oficina se transmitían las instrucciones orales de las ss, a cargo de toda la administración judía del campo. Según Annette Wieviorka y Michel Laffitte, «esta oficina era el canal de transmisión de los pedidos alemanes. Dentro de ciertos límites, porque no podían decidir quién sería deportado, pero seguía siendo un lugar de poder».[1]

Paul Cerf utilizaría su posición «privilegiada» para cuidar de Sally. Sin embargo, no quería abusar de ella:

> Te habría escrito antes, pero es muy difícil hacer llegar las cartas y no siempre puedo molestar a Paul. [Drancy, 26 de agosto de 1943]

La correspondencia entre Sally y Minna fue de ida y vuelta a lo largo de su internamiento en Drancy, pero solo se han conservado las cartas de Sally. Una semana después de su llegada al campo, recibió la primera carta de su querida Minna:

> No puedo expresar la alegría que sentí al recibir tu primera carta del 19 de agosto. [Drancy, 24 de agosto de 1943]

Además de las cartas de su esposa, Sally también recibía paquetes de su cuñada May, la esposa no judía de su hermano, que le enviaba desde Lyon. Las cartas se sucedían y, como siempre, la importancia de los paquetes, su frecuencia y su contenido eran el centro de atención. Aparte de esto, y aunque las cartas no pasaban por la oficina de censura, Sally no decía casi nada sobre su vida cotidiana. Un tema, sin embargo, era omnipresente en sus cartas: la fe, que era importante en su vida. Nada más llegar, escribió:

> Con la ayuda del Todopoderoso, superaremos esta prueba que nos ha golpeado tan duramente [...]. Es Dios quien lo ha querido y solo este pensamiento me permite seguir viviendo. [Drancy, 15 de agosto de 1943]

> Ayuné por *Tishe Behav** y fue difícil hacerlo en las condiciones en que vivo. [Drancy, 24 de agosto de 1943]

La transmisión de la fe a los hijos era un tema recurrente en la correspondencia:

> Sobre todo, enseña y guía a nuestros dos pequeños, mi querida Minna, enséñales la religión. Ese es mi deseo, lo sabes, mi pequeña Minna querida. Estoy muy contento de que hayas hecho el voto de ser piadosa. Debes hacerlo realidad [...]. Mi queridísima Minna, tú sabes con qué espíritu quiero que se eduquen mis hijos [...]. En especial, no trabajes los sábados. Así es como los niños, viendo tu ejemplo, adquirirán el hábito de respetar nuestras tradiciones desde una edad temprana [...]. No olvides enseñarles a rezar. [Drancy, 30 de agosto de 1943]

> Me da una gran satisfacción que te hayas vuelto piadosa. Yo también, querida, hago mis plegarias sin olvidar ninguna. Solo la fe nos mantiene vivos. [Drancy, 2 de septiembre de 1943]

---

* El «ayuno del quinto mes» del calendario judío conmemora la caída del Primer Templo de Jerusalén.

La última carta no es una excepción:

> Ciertamente, será una vida dolorosa y dura la que tendré que vivir y espero que el buen Dios me dé la fuerza necesaria para superar y sobrevivir a esta terrible catástrofe. [Drancy, 6 de octubre de 1943]

A pesar de sus esfuerzos, Paul Cerf no pudo hacer nada para evitar la salida de Sally, prevista para el 7 de octubre de 1943:

> Una vez que salga de aquí, no podré darte más noticias [...]. Solo gracias a Paul puedo escribir con regularidad.

En la última carta, escrita en vísperas de su deportación, Sally instaba a Minna a ser muy cuidadosa utilizando un lenguaje codificado:

> Seguro que has oído que hay muchos enfermos en el Sur. Cuida a los niños, la epidemia actual es muy grave y no debes dejarte afectar por ella. [...] A ningún precio querría que tú y nuestros queridos hijos sufrieran la enfermedad que yo padezco.

Los enfermos eran los judíos, y la enfermedad las detenciones.

A las 10:30 horas del jueves 7 de octubre de 1943 un convoy de mil personas salió de la estación de tren de Bobigny con destino a Auschwitz. El 13 de octubre Rudolf Höss, comandante del campo de Auschwitz, envió un télex a Heinz Rothke[2] en el que informaba que el convoy había llegado el 10 de octubre a las 5:30 horas.[3] Se seleccionaron 340 hombres y 169 mujeres para el trabajo. Sally Salomon fue uno de ellos, ahora con el número 157202. Tenía 35 años, estaba en buena forma física ahora que sus piernas se habían curado, y se le asignó al campo de Monowitz, también llamado Auschwitz III.

La suerte y el azar no abandonaron del todo a Sally, que a su llegada al campo se encontró con un viejo conocido, un francés de Cazères-sur-Garonne, llamado Charles Degeilh,[4] quien no tenía el mismo estatus que Sally en el campo. Era un trabajador obligatorio y, como tal, tenía derecho a escribir y recibir paquetes y giros postales. A través de su mediación, Sally conseguía informar a su familia de su paradero. Gracias a una extraordinaria combinación de circunstancias y a la mediación de Charles Degheil, Sally volvió a mantener correspondencia con su esposa.

Siete semanas después de su llegada a Auschwitz, en su primera carta a Minna, la fe de Sally seguía presente:

> Espero que, con la ayuda de Dios, pronto los vuelva a ver a todos en perfecto estado de salud. [Monowitz, 29 de noviembre de 1943]

Pero más tarde el tema desapareció por completo de la correspondencia. A partir de ese momento era el amor lo que lo mantenía vivo:

> Solo la esperanza de volver a verte me da fuerzas para vivir y abrazarte pronto. [Auschwitz, 1° de marzo de 1944]

> No puedo vivir sin ti. [Auschwitz, 1° de mayo de 1944]

La hija de Sally, Liliane, explicó este cambio por lo que le contó su madre: su padre había sido testigo de acontecimientos tan horribles que había perdido la fe en Dios.

Sally Salomon escribió 22 cartas a su esposa durante su deportación. La primera está fechada el 23 de noviembre de 1943, la última el 16 de junio de 1944. Veintidós cartas escritas a lápiz, en papel de mala calidad, con algunos pasajes casi completamente borrados. Veintidós cartas que Liliane sigue guardando celosamente en el cajón de su escritorio.

El espacio dedicado a la conformación y la frecuencia de los paquetes era esencial. Sally daba indicaciones precisas, pero las reglas cambiaban a menudo. En noviembre de 1943 primero se autorizó un paquete cada 15 días, luego un paquete de 15 kg por semana, pero precisaba:

> Me gustaría decirte que puedo recibir hasta 15 kg por semana. Prefiero que hagan paquetes de 8 kg y me envíen dos por semana. [Auschwitz, 24 de enero de 1944]

Los paquetes de alimentos eran los más necesarios, pero también los más difíciles de confeccionar, ya que solo debían incluirse artículos no perecederos:

> En cuanto a los paquetes, te di las indicaciones en mi carta del 9 de enero. Deben contener sobre todo pan o tostadas, biscotes, pan de especias, muchos pastelillos dulces, mermelada, azúcar y sobre todo grasa, cebollas, manzanas, leche... lo más necesario sobre todo son paquetes de alimentos. No te olvides de la carne enlatada, y del queso si se puede conservar. [Auschwitz, 24 de enero de 1944]

En efecto,

> los paquetes se transportan durante 30 días o más. [Auschwitz, 24 de enero de 1944]

Y también:

> En cuanto a las cebollas, no te preocupes si no encuentras ninguna. De hecho, hasta temo que se pudran en el camino. Los paquetes tardan hasta sesenta días en llegar. [Auschwitz, 26 de mayo de 1944]

Aparte de los alimentos, la lista de artículos de primera necesidad no dejaba de crecer: ropa de abrigo, calcetines, botas, tirantes y cinturones.

El contenido de los paquetes y la frecuencia de la entrega eran primordiales, pero lo más importante era que llegaran a su destino. Para recibir noticias de su familia, Sally se puso de acuerdo con Charles Degeilh, pero la relación entre los dos hombres se deterioró. En las primeras cartas de Sally hablaba de Charles como un hombre amable al que veía a menudo y que era muy servicial. A medida que avanzan las cartas, se muestra más distante. Los dos hombres no permanecieron en el mismo campo, y a veces no se veían durante mucho tiempo:

> El querido Charles tiene muchos problemas conmigo. Es sobre todo muy *ganef** y muy amable. [Auschwitz, 28 de marzo de 1944]

> El querido Charles nunca me dio la chaqueta azul y el chal, ni siquiera me dio la camisa que enviaste con las sandalias. Bueno, ya ves con quién estamos tratando. Además, como no trabaja en el mismo horario que yo, lo veo muy poco. [Auschwitz, 5 de junio de 1944]

Todo esto llevó a Sally a solicitar que el correo y los paquetes le fueran enviados directamente a su nombre y dirección. Aunque las relaciones entre los dos hombres eran cada vez más tensas, Sally instaba a Minna a continuar con los envíos:

> Así no tengo que ver siempre a Charles. A pesar de esto, habrá que darle noticias de forma regular a Charles. [Auschwitz, 5 de junio de 1944]

---

* *Ganef* significa «ladrón» en yiddish.

Mientras que las consideraciones materiales, esenciales para su supervivencia, ocupaban gran parte del intercambio postal, Sally también estaba ansioso por recibir noticias de la familia. Pero a veces era él mismo quien transmitía la información:

> Los padres de Gérard están bien, me enteré por un compañero de trabajo. Se encuentran en perfecto estado de salud, al igual que su hermana Marthe. Están muy lejos de aquí, pero les va bien. Sin duda, Gérard se alegrará de esta buena noticia. [Auschwitz, 28 de marzo de 1944]

O incluso:

> También deberías avisarle a Bernard de Muret que su primo Fredi goza de buena salud y que lo veo todos los días. Tiene mucho trabajo que hacer y aún no ha podido escribir. [Auschwitz, 18 de mayo de 1944]

A pesar de que las cartas seguían una ruta autorizada, aún pasaban por la censura. Esto explica por qué se revelaba muy poca información sobre la vida cotidiana de Sally, y por qué firmaba sus cartas con el nombre de pila Albert:

> Trabajo con regularidad y mi vida continúa normalmente. Por la noche estoy cansado y me acuesto pronto. [...] Aquí ya hace mucho frío en comparación con el clima de casa. [Auschwitz, 29 de noviembre de 1943]

Si nos enteramos de que Sally estuvo enfermo, es porque tuvo que explicar el motivo de su silencio:

> Hace tiempo que no tienes noticias mías, pero llevo más de un mes enfermo y estoy en la enfermería. Tuve un caso muy gra-

ve de enteritis y ahora estoy ligeramente mejor [...]. Espero que pronto pueda salir de la enfermería y retomar mi trabajo. Seré muy feliz. No te impacientes si no recibes el correo muy a menudo, pero, como estoy en la enfermería, no puedo escribir. [Auschwitz, 1º de marzo de 1943]

Sally se repuso, sin duda gracias a la intervención de Robert Waitz, que se sabe que lo mantuvo en la enfermería más tiempo del necesario para descansar:

Vuelvo a trabajar desde el 8 de marzo. Mi enfermedad era muy grave, pero ahora me siento mucho mejor, gracias a Dios. He sufrido mucho y he perdido mucho peso, pero espero que con la ayuda de tus paquetes me recupere pronto... No hace falta que te diga cuánto necesito los paquetes, y sobre todo que me los envíen directamente a mi dirección. Como puede ocurrir una enfermedad o un cambio, si el paquete está en mi dirección, me sigue hasta mi nuevo domicilio. Recibí todas las cartas de febrero cuando salí de la enfermería después de más de un mes, así como la del 6 de marzo. Ahora es imposible escribir más de dos veces al mes. [Auschwitz, 28 de marzo de 1944]

Sally se obligaba a seguir tranquilizando a los suyos:

Si no te regresan los paquetes, es señal de que tengo buena salud. [Auschwitz, 26 de mayo de 1944]

Siguiendo el hilo de las cartas, obtenemos información sobre su vida como prisionero en el campo:

Trabajo de seis de la mañana a seis de la tarde. Durante tres meses he estado con dos amigos, uno de los cuales es checo. Trabajo con ellos, no mucho, pero para el primero de junio podemos cambiar de casa? Espero poder mantener un buen lugar. [Auschwitz, 26 de mayo de 1944]

En la siguiente carta constatamos que, efectivamente, ha habido un cambio. Utiliza una nueva identidad, la de un hombre llamado Augustin Gorres, con la siguiente dirección: «Lager 2, Bloque 5, barraca 5/4». Los envíos de paquetes parecían estar comprometidos:

> Sigo bien y hasta ahora continúo con el mismo trabajo en la misma casa. Gracias a mi jefe, que es muy bueno conmigo, y a mi amigo, del que te hablé en mi última carta. [Auschwitz, 5 de junio de 1944]

Estas cartas, que llegaban a Minna, le hacían saber que su marido seguía vivo y le daban la esperanza de su regreso. Durante ocho meses se esforzó por armar los paquetes que enviaba a un ritmo regular. Un reto en un país donde todo estaba racionado. Sobre todo porque cada paquete debía hacerse por duplicado. Al utilizar el término *«ganef»* para referirse a Charles, Sally advertía a Minna que su intervención no era gratuita. Si Minna quería asegurarse de que su marido recibiera las provisiones necesarias, tenía que empacar suficiente para dos.

Las cartas se sucedieron hasta el 26 de mayo de 1944, luego nada. Silencio. Sally ya no pudo escribir y Minna tuvo que abandonar Cazères para refugiarse en el pueblo de Saint-Cristaud.

Casi un año después recibió por fin noticias en forma de una tarjeta fechada el 7 de mayo de 1945 y escrita por Sally desde el campo de Dachau, donde se encontraba en el momento de su liberación. La carta tardó mucho en llegar a manos de Minna. A partir de la liberación de Francia, ella volvió a Saint-Avold con los niños y el servicio de correos no funcionaba bien. No sabía nada del paradero de su marido y no tuvo noticias de él durante varios meses.

En las cartas que Sally escribió tras su liberación, que no llegarían hasta mucho después, relataba sus primeros días de libertad:

Estuve de viaje en Alemania desde el 18 de enero hasta el 27 de abril, no hace falta que te diga lo cansados que estamos. [...] Evacuamos el campo de Dachau y vivimos en los edificios de las SS. Aquí tenemos todas las comodidades, agua corriente y una muy buena instalación. En cuanto a la repatriación, aún no estamos seguros. Puede tardar algún tiempo. [Dachau, 14 de mayo de 1945]

Llevo más de ocho días en el hospital estadounidense y me encuentro mucho mejor. Todavía estoy muy débil [y] creo que me voy estos días a un sanatorio en el lago de Constanza. Me gustaría que vinieras a verme de inmediato. Estoy tan deprimido sin ustedes. Espero que me lleven de vuelta en coche porque estoy deseando volver a verlos a todos. Debes disculparme, mi querida Minna, si mis cartas son cortas, pero estoy cansado de escribir cartas largas. [Dachau, 23 de mayo de 1945]

Sally llevaba casi dos meses libre, y seguía sin tener noticias de su mujer y sus hijos. La dramática situación en la que se encontraba Europa Occidental, recientemente liberada del yugo nazi, era sin duda un factor, pero no podía entenderlo:

Ahora estoy en el lago de Constanza, en un sanatorio militar francés. Es absolutamente [*ilegible*] no entiendo que, después de todas las cartas que te he escrito, no he recibido ninguna respuesta tuya. He sufrido una enfermedad muy grave, pero ahora me estoy recuperando [...]. Ayer viajamos más de 500 km en ambulancia [para] traernos a este sanatorio. Aquí nos tratan y miman como en casa. [Hospital Francés del Bajo Lago, 4 de junio de 1945]

En la carta del 15 de junio describe sus síntomas: pleuritis, edema... Sally estaba gravemente enfermo. Débil, pasaba todo el día en la cama y no tenía apetito. Tardaría mucho en recuperarse, se lo advirtió su médico, y no podría volver a trabajar pronto.

Por fin, el 21 de junio de 1945 recibió una carta de su esposa. Respondió de inmediato y volvió a instar a Minna a que se reuniera con él lo antes posible:

> No puedo escribir a menudo, estoy en la cama todo el tiempo y ahora hemos descubierto que estoy enfermo. Estoy sufriendo mucho. Tengo una lesión en los riñones y mucha agua en el cuerpo, así como principios de pleuresía [...]. A veces sufro lo indecible, pero hacen todo lo posible para mejorar mi dolor.

Por desgracia, Sally estaba condenado. Físicamente, estaba en las peores condiciones de salud de su vida, y su ánimo no era mucho mejor. La tan esperada liberación no le trajo el alivio que esperaba. Su última carta se nota llena de desesperación:

> Si pudieras venir hasta aquí, querida. Me gustaría mucho verte. [...] Si pudieras venir aquí, seguro que me curaría más rápido si estuvieras cerca de mí. [...] Una vez que estés conmigo, me curaré más rápido. Si estuvieras aquí, podrías preparar mi comida y todo sería mejor para mí. Estoy tan triste que desearía que estuvieras aquí conmigo.

Gracias a la información recopilada por Liliane y a los testimonios de compañeros de prisión, pudimos reconstruir la vida de Sally en el campo de Auschwitz.

Robert Waitz y Robert Franck, ambos deportados a Auschwitz y que regresaron de la deportación, afirmaron haberlo conocido. Deportado en el mismo convoy que él, Robert Waitz fue destinado al campo de Auschwitz III-Monowitz por sus conocimientos científicos (era médico). En 1947 dio testimonio de la notable actitud de Sally en el campo, prestando ayuda material y moral a todos los que podía, formando parte de la organización francesa clandestina en el campo. Robert Franck, deportado en el convoy del 30 de junio de 1944, llegó más tarde. También fue destinado a Auschwitz III-Monowitz, y después de la guerra escribió una declaración en su favor: «Conocí a Sally Salomon cuando éramos niños. Cuando llegué a Monowitz, me alojaron en el mismo bloque que a Sally, que ya llevaba varios meses allí. Sus conocimientos de alemán le permitieron ser clasificado como *Vorarbeiter* (jefe de equipo), lo que ofrecía algunas pequeñas ventajas». Según Robert Franck, Sally aprovechó para ayudar a los prisioneros franceses con comida extra o asignándoles trabajos menos arduos: «La reputación de Sally Salomon era tal que, mucho tiempo después de que dejara el bloque, los prisioneros extranjeros me hablaban del pequeño francés que hizo tanto por sus compatriotas».

Estas hazañas no se incluyen en las cartas de Sally a su querida Minna, pero a la luz de estos relatos, las peticiones de paquetes de comida y artículos de uso cotidiano se hacen más claras. Lo que podría haber parecido una exigencia y un egoísmo en sus cartas de repente aparece como una devoción por sus compañeros de infortunio.

Sabemos que Sally dejó el campo de Auschwitz en enero de 1945. Participó en las terribles marchas de la muerte que lo llevaron a él y a varios miles de otros prisioneros al campo de Dachau, donde finalmente fue liberado el 27 de abril de 1945 por las tropas estadounidenses. Pero Sally estaba tan agotado que se vio superado por la enfermedad. En Dachau contrajo tifus. Aunque lo trataron de inmediato en el lugar y luego lo trasladaron a un sanatorio francés en el lago de Constanza para recuperarse, su cuerpo ya no tenía fuerzas para luchar.

Minna, que había dejado el sur de Francia para volver a Metz con sus hijos, no tenía noticias. Sally, por su parte, escribía cartas que no llegaban. No fue sino hasta el 26 de mayo de 1945 que Minna recibió un despacho informándole que Sally seguía vivo. Una vez localizado su marido, Minna se dispuso a visitarlo: «Es una sombra de lo que era», le dijo a su hija. Con solo 38 kg de peso y atormentado por el dolor, se alegraba sin embargo de volver a ver a su amada: «Había pasado por un infierno y solo su voluntad y el deseo de volver a ver a su familia lo habían sostenido y le habían permitido soportar este infierno». Sally dijo poco o nada sobre lo que había vivido. Como testigo de las atrocidades de las ss, había perdido la fe. Y a pesar de su voluntad, su cuerpo le estaba fallando. Todos los cuidados que recibió no fueron suficientes para salvarlo.

Sally Salomon falleció el 7 de septiembre de 1945 sin llegar a ver a sus queridos hijos ni la tierra de Francia.[5]

PAUL CERF

Unas semanas después de Sally Salomon, Paul Cerf también fue deportado a Auschwitz-Birkenau. El 13 de noviembre de 1943 escribió con lápiz una carta de despedida a su esposa Victorine en un papel.
Le anunciaba su próxima partida:

Querida mía y mi pequeño tesoro:
Cuando recibas esta nota, habré partido hacia un destino desconocido siguiendo el camino de E [...] y de Régine. No pude hacer nada y desde hace tiempo siento que no podía durar mucho tiempo así. Estoy muy triste por irme sin noticias directas de ustedes y sin haber podido mantener correspondencia con mi hijo. Afortunadamente sé por Lucien que están sanos y salvos.

En cuanto a mí, me voy con el corazón apesadumbrado, pero lleno de valor. El buen Dios ha estado conmigo hasta ahora y confío en que no me defraudará. He actuado como un hombre aquí y todo mi equipo se va conmigo. No puedo escribirte mucho, pero mi corazón carga un gran peso, pensaba que me quedaría en Francia para volver a verte muy pronto. Por desgracia, el destino quiere otra cosa.

Pienso en mi pequeño Bertrand que está creciendo sin su padre. Deseo que siga siendo honesto y que sea un apoyo para su madre. Tengo la firme esperanza de volver a verlos, pero, si el buen Dios no me permite volver a verlos, rezaré por ustedes y desearé todo lo que un marido y un padre pueden desear.

Me hubiera gustado hacerlos felices, pero estoy seguro de que aún les quedan buenos días por pasar, quizás conmigo de nuevo.

Intentaré enviarles noticias cuando me haya ido, y escribiré a Lucien, que debe ser siempre tu punto de referencia. Hoy te envío una valija con la ropa, los zapatos y la ropa blanca que no puedo llevarme. Guarda todo en la casa de él. Además, te envío veintidós mil francos [que] no necesito y que él te dará. No tengo más instrucciones que darte porque no sé lo que estás haciendo en este momento. Tengan cuidado, y tú, mi querida Victorine, cuida a mi pequeño, que sea un Cerf... Te quiero más que nunca y estaré contigo hasta mi último aliento, mientras te abrazo con todo mi corazón.

Su esposo y padre

Paul Cerf nació el 11 de febrero de 1901 en Saint-Avold, Mosela. Aunque había empezado a estudiar farmacia, trabajaba como administrador de empresa. Movilizado en 1939, permaneció en Nîmes, donde se reunió con su mujer y su hijo. En esta ciudad lo detuvieron por actos de resistencia el 3 de febrero de 1943 y lo encarcelaron en Montpellier; lo enviaron al campo de Compiègne-Royallieu el 5 de marzo.

El 26 de mayo lo trasladaron al campo de Drancy con otros 51 internos. Formaba parte del grupo conocido como los «Compiégnois», que iban a ocupar puestos de responsabilidad en Drancy, sustituyendo progresivamente a la administración judía que había creado la jefatura de policía de París.

Así, a Paul Cerf lo nombraron intérprete y luego jefe de la «oficina de enlace», lo que lo convertía en jefe adjunto del campo, responsable de las relaciones con la *Kommandantur*.

El 9 de noviembre de 1943 las ss descubrieron el proyecto de túnel de fuga, cuya iniciativa de nuevo la había tomado la mayoría de los «Compiégnois». Como represalia, se destituyó al jefe judío del campo, y con él se identificó a 19 dirigentes que fueron deportados el 20 de noviembre de 1943 en el convoy número 62. Varios miembros del equipo lograron escapar del convoy,[6] pero no Paul Cerf, que llegó a Birkenau en la noche del 22 al 23 de noviembre. Fue uno de los 241 hombres seleccionados para trabajar en el campo de Auschwitz, donde se le asignó al bloque experimental.[7]

El 4 de junio de 1944 un hombre llamado René Baconnier[8] envió a su padre, que vivía en Lyon, una carta oficial, escrita en alemán, en papel autorizado y con el reglamento del campo de Auschwitz impreso. De hecho, esa carta la escribió Paul.

Las instrucciones para toda la correspondencia se escribían frente a la dirección de la siguiente manera:

Campo de concentración de Auschwitz
Al comunicarse con los presos por escrito, deben observarse las siguientes directrices:
1) Cada preso puede escribir dos cartas o tarjetas postales al mes a su familia y recibir dos de su familia. Las cartas a los prisioneros deben ser legibles, escritas con tinta y en alemán. Solo se admiten letras de tamaño estándar. Los sobres no deben de venir envueltos. Se puede añadir a una carta un máximo de cinco sellos de 12 *pfennigs** del *Deutsche Reichspost*. Cualquier otra conducta es ilegal y, por lo tanto, permite la incautación de cartas. No se pueden utilizar fotos en lugar de tarjetas postales.
2) El envío de dinero solo se permite en caso de acuerdo/orden de la administración postal. Es necesario asegurarse de que la dirección es correcta y de que se incluyen el nombre, la fecha de nacimiento y el número. Si se alteran los datos, se destruirá la carta o se devolverá al remitente.
3) Se aceptan periódicos, siempre que se pidan a la agencia postal de K. L. Auschwitz.

---

* Pfennig: moneda con un valor de un centavo de marco alemán. [*N. de la t.*].

4) Los detenidos pueden recibir paquetes con alimentos, pero no líquidos ni medicamentos.

5) Las peticiones a la dirección del campo para la liberación de los prisioneros son inútiles.

6) Las visitas y entrevistas con los detenidos están en principio prohibidas.

El comandante del campo

En el otro lado, el texto de la carta dice:

Auschwitz, 4 de junio de 1944

Mis queridos padres:
Espero que gocen de buena salud, cosa que les puedo asegurar de mí mismo. Siempre recibo sus paquetes con la mayor alegría porque siempre son de gran necesidad para mí. También les pido que me los envíen con la mayor frecuencia posible. Les agradezco cordialmente, así como a [Morgui] y a los demás, que participen y ayuden a preparar estos paquetes.

Me gustaría mucho saber del tío Michel, del que nunca me hablan. Nunca recibí el paquete de Alemania. Tampoco recibí el paquete de mi amigo Lucien [*ilegible*]. Quería enviarles esta carta lo antes posible, para que él se acordara de mí. Por favor, díganle que me envíe noticias suyas.

Me encontré a mi amigo Paul. Lucien tiene que enviarle los paquetes directamente y escribirle, ya que le sorprende no tener noticias suyas.

Espero noticias de Gisèle y del niño, que debe gozar de buena salud. Les envío saludos a todos y les mando un cálido beso, así como a Lucien, a su mujer y a la pequeña Lucette.

René Baconnier

Saludos a mi amigo René Claude Turcan, de Marsella, díganle que estoy bien y que espero que recuerde los hermosos discos que escuchábamos juntos.

Esta es la única carta que Paul escribió durante su cautiverio. Permaneció en el campo de Auschwitz hasta la llegada del Ejército Rojo el 27 de enero de 1945.

Tras su liberación, escribió varias cartas a su esposa e hijo para darles noticias. La primera es del 10 de febrero de 1945:

Auschwitz, 10 II 1945

Mi amor,
Mi pequeño Bertrand:
Unas palabras para decirles que me ha liberado el glorioso Ejército Rojo. Estoy bien y gozo de buena salud, pero estoy muy cansado. Hago todo lo posible a través del embajador para una repatriación, porque estoy ansioso por abrazarlos como resucitado a la vida y para poner mis servicios a las órdenes del general De Gaulle y de la Francia por la que tanto he sufrido...
Mañana es mi cumpleaños. Siempre pienso en ustedes y les mando un gran abrazo.
Suyo, Paul

Si pueden, hagan lo necesario para mi rápida repatriación.

Al día siguiente escribió una segunda. Esta vez la escritura es más regular, y Paul da más información sobre su situación:

Auschwitz-Birkenau, 12 de febrero de 1945

Mi querida mujercita,

Mi querido Bertrand:

Por un milagro inesperado y gracias a una tenaz voluntad de vivir y de volver a verlos, pude, con muy pocos franceses, escapar de esos asesinos alemanes que nos habían condenado a muerte... Fue el valiente y glorioso Ejército Rojo el que nos salvó la vida y nos libró del terrible yugo que he tenido que soportar durante los dos últimos años. [...] Es de nuevo gracias a nuestros libertadores que puedo escribir esta carta para por fin darles noticias mías.

Aunque muy débil, estoy bien y solo deseo saber que gozan de buena salud. Cuánto tiempo y qué sufrimiento desde que me fui... y lo que has tenido que soportar desde entonces. ¡Y mi pequeño Bertrand! Nunca pensé que te volvería a ver, y el destino quiso que me salvara del infierno que era Birkenau. Vi a cientos de miles de compañeros creyentes ir a la muerte, gaseados y quemados por los monstruos, y nunca podré contar lo suficiente sobre lo que nos hicieron. Ciertamente, los periódicos les llevaron noticias de cómo eran Auschwitz y Birkenau. Por desgracia, muchos de nuestros amigos, parientes y conocidos perdieron la vida allí, y me reservo la enumeración de estos mártires para más adelante. Solo puedo repetir que aún no entiendo cómo hemos podido resistir esta terrible vida durante más de 15 meses aquí. Pero no quiero pensar más en ello y mi único deseo es volver al servicio de De Gaulle por el que fui detenido... y hacer pagar a estos bandidos en la medida de mis posibilidades por lo que he visto.

¿Y tú, querida? Espero que mi ausencia no les haya causado demasiado sufrimiento y que durante este tiempo esos bastardos no los hayan martirizado demasiado. Creo que mi pequeño Bertrand ha sido valiente y un consuelo para su madre. Si supieras lo mucho que pienso en ustedes, y lo fuerte que es mi voluntad de vivir y hacer una nueva vida a su lado...

que espero que ocurra pronto. No sé qué pasará con nosotros, pero por mi parte haré todo lo posible para que me repatrien a Francia lo antes posible. Me he puesto en contacto con nuestro embajador en Moscú y estoy a la espera... Les ruego que hagan todo lo posible por mí a través del Ministerio de Asuntos Exteriores... Porque comprenderán que estoy deseando abrazarlos y entrar en servicio en el ejército francés.

Mientras tanto, les envío un beso sincero de todo corazón, su Paul.

¿Serías tan amable de escribirle al señor François Epstein c/o Edvin Smith, Trafalgar Road 19 en Wiegen (Lancashire), Inglaterra, que su padre, el profesor de la Universidad de Praga, Berthold Epstein, goza de buena salud conmigo. Dale recuerdos a Lucien y a su familia y dile que pienso devolverle pronto todo lo que ha hecho por mí.

Paul Cerf, Hospital, director del edificio 16, campo de Auschwitz

Paul escribe varias cartas a su esposa Victorine y a su amigo Lucien Réminiac. En cada ocasión evoca la barbarie de los torturadores de las ss y afirma que haber sobrevivido a este infierno es un milagro:

Me protegieron mucho para salvar mi vida. [Auschwitz, 25 de febrero de 1945]

Campo de Auschwitz, 19/III/45.
Querida mía, mi pequeño Bertrand:
Una vez más, te escribo para aprovechar todas las oportunidades que se me presentan... Un amigo que tiene más suerte que yo está a punto de partir hacia Francia y está dispuesto a llevarte esta nota. Seguramente ya habrás recibido al menos parte de mi voluminosa correspondencia que te he enviado desde mi liberación por el valiente y magnífico Ejército Rojo,

que ha venido a rescatarnos de las garras de la muerte segura a la que nos destinaban esas hordas de las SS.

¿He de decirte cuánto he sufrido desde nuestra separación? Tendría que escribir libros y seguro que tendríamos temas de conversación durante años pensando en todo lo que he visto y vivido. La divinidad quiso que me encontrara entre los pocos franceses vivos que pudieron escapar del infierno de Birkenau, donde miles de seres humanos de toda Europa fueron gaseados y carbonizados en condiciones atroces y abominables. ¿Habrá sido una pesadilla?

Aun así, vivo y muy pronto tendremos el placer y la alegría de encontrarnos y no dejarnos nunca más. ¡Cuánta fuerza de voluntad y fortaleza se necesitó para no sucumbir a los horrores de estos verdugos, que inventaron todo para hacernos sufrir!

Estoy muy preocupado por ti, porque no sé qué ha sido de ti desde nuestra separación. Sé que lo han pasado muy mal hasta el día de la liberación por el general De Gaulle y las tropas aliadas. También sé que Lucien habrá hecho todo lo posible por ti... pero no quiero pensar en la mala suerte, y espero encontrarte en perfecto estado de salud, y sobre todo a Bertrand crecido y habiendo cumplido con su deber para con su madre y todos los demás.

En cuanto a mí, tengo buena salud, aunque muy debilitada por todo lo que he vivido. He envejecido mucho y estoy bastante delgado... ¡pero eso no es nada cuando tienes vida y esperanza!

No sé cuándo nos repatriarán, pero estoy haciendo todo lo posible por contactar con nuestro embajador, que tiene que ocuparse de nosotros. Si hay algo que puedas hacer, por favor, hazlo.

Saludo a todos nuestros familiares, amigos y conocidos, que no se habrán olvidado de mí, y para ti, cariño, y al pequeño, toda mi ternura.

Paul Cerf, Hospital del Campo de Auschwitz (Polonia) Bl.16

Como este amigo no puede salir y por lo tanto no se lleva la nota, ¡confío en la oficina de correos!

Pasan las semanas y Paul se impacienta. Quiere volver a Francia, aunque sea solo para ir a ver a su familia:

Todavía estoy aquí, pero creo que me iré a casa muy pronto. Intentaré pasar por Rumania y tomar un barco en algún puerto a la espera de la repatriación oficial. Es normal y natural que después de una ausencia de más de dos años me muera por abrazarte. [...] Hace casi dos meses que nos liberó el Ejército Rojo, al que debemos toda nuestra gratitud, pero todavía nuestro gobierno no hace nada por nosotros. ¿Cómo puede ser esto? Hemos sufrido tanto que realmente tenemos derecho a un poco de paz y tranquilidad, y por otro lado estaríamos encantados de volver a tomar las armas para dar el resto a nuestros enemigos mortales.

[Auschwitz, 20 de marzo de 1945]

Por fin llega el día del retorno. El 4 de junio de 1945, en una tarjeta mecanografiada, escribió:

Me voy con un grupo de franceses el próximo miércoles a través de Checoslovaquia y creo que puedo llegar a Francia rápidamente.

Pero el viaje todavía es largo: Paul es repatriado a Francia en un avión con destino a Lyon el 2 de julio de 1945. Se reunió con su mujer y su hijo, que habían encontrado refugio en la Drôme. La familia no volvió a Saint-Avold sino hasta 1946.[9]

LEIB-LÉON GOLDSTEIN

Léon Goldstein, cuyo verdadero nombre era Isaac Leib Goldstein, nació en Vaslui, Rumania, el 21 de enero de 1892. Detenido en su domicilio de París el 24 de septiembre de 1942, fue trasladado de inmediato al campo de Drancy. Al día siguiente lo deportaron en el convoy número 37. El 27 de septiembre llegó al campo de Blechhammer, en la Alta Silesia.

Léon llegó a Francia después de la Primera Guerra Mundial para continuar sus estudios; estudió Filosofía mientras preparaba un doctorado en Derecho. En 1922 se casó con Charlotte Bay, una suiza protestante, nacida en Berna en 1899, que había llegado a París para estudiar pintura en la *Académie de la Grande Chaumière*. De esta unión poco convencional, que no fue apreciada por sus respectivas familias, nacieron tres hijas en 1930, 1933 y 1939.

Léon mantenía a su familia trabajando como asesor jurídico en el barrio de la Ópera. En un texto escrito por las hijas de la pareja con motivo de la entrega de los documentos, afirman: «No sabemos por qué no obtuvieron la nacionalidad francesa».

La familia vivía en el barrio de Montparnasse y las niñas asistían a la Escuela Alsaciana. Poco después de junio de 1942, cuando Léon se vio obligado a llevar una estrella amarilla, y probablemente por precaución, se bautizó a las niñas en el templo protestante de la rue Madame.

El 24 de septiembre de 1942 la policía municipal de París detuvo a los judíos rumanos. Léon fue uno de los 652 hombres capturados ese día.* La detención tuvo lugar en el domicilio familiar por parte de policías franceses que llamaron al timbre a primera hora de la mañana. Las tres hijas vieron salir a su padre flanqueado por dos policías. Fue la última imagen que tuvieron de él.

Durante su brevísima estancia en el campo de Drancy, Léon envió una carta a su mujer:

> Drancy, 24.9.42
>
> Mi querida Lolotte, mis queridas niñas:
> Estoy en Drancy y espero irme muy pronto. El ánimo es excelente. Tengo algo que pedirles: confíen en que nos volveremos a encontrar. Que las niñas trabajen bien y piensen en mí con alegría y amor.
>
> Confianza, Lolotte. Solo te he amado a ti en esta vida. Y a las niñas.
>
> Con mi amor,
> Léon

Charlotte se dirigió de inmediato a las autoridades de ocupación de la avenue Foch** para defender el caso de su marido. El oficial que la recibió fue amable. Conocía y le gustaba Suiza, y prometió ayudarla. Mentira o verdad, de todos modos ya era demasiado tarde. Léon ya estaba en el convoy hacia la Alta Silesia.

Antes de llegar a Auschwitz el convoy se detuvo en la estación de Kosel, donde se sacó de los vagones a los hombres lo bastante aptos para trabajar. En el otoño de 1942 la necesidad de mano de obra era elevada. Léon fue uno de ellos.[10]

---

* También fueron detenidas 829 mujeres y 183 niños. La mayoría de ellos serían gaseados 72 horas más tarde porque el convoy número 37 ya transportaba a 729 de los judíos rumanos y a 63 de sus hijos detenidos el día anterior.

** Sede de las oficinas de la Gestapo en París.

Desde la carta que recibió desde Drancy en el mes de mayo de 1943, Charlotte no recibió noticias de su marido. Es decir, casi ocho meses, pero a partir de esa fecha Léon dio por fin señales de vida y las cartas llegaron a un ritmo bastante regular.

Esta correspondencia fue posible gracias a la intermediación de los trabajadores franceses presentes en el lugar en el marco del STO. Las cartas a veces las escribía Léon, a veces las copiaba el intermediario. Rara vez firmaba con su nombre de pila, más bien lo hacía con un alias. Todas las cartas estaban escritas en francés, la dirección del remitente figura de la siguiente manera: «*Lager nummer 492304-17 Blechhammer über Heydebreck, Wohnung 5/76, Deutschland*». Se enviaban por correo ordinario, como demuestran las anotaciones en los sobres.

Todas las cartas iban dirigidas a la señora Bay, el nombre de soltera de Charlotte, presumiblemente para no llamar la atención. Asimismo, comenzó varias de sus cartas con la frase «mi querida tía», de nuevo para confundir las pistas.

La primera carta que recibió Charlotte es del 3 de mayo de 1943. Es bastante breve y fue escrita por Léon, cuya letra es reconocible:

Mi querida Lolotte,
Te escribo estas pocas palabras a toda prisa, para decirte que mi salud es buena y que estoy deseando tener noticias tuyas. Espero que los niños estén bien. El trabajo es duro, pero lo estoy haciendo bien. Pienso en el regreso con una alegría infantil; esta expectativa me da fuerzas para aguantar. Espero hacerte llegar pronto algo de dinero. Escríbeme a esta dirección [indicada en el sobre]. Saluda a los amigos. ¿Tienes noticias de tu familia?
    Cariños a los niños. Besos.
    Jacques

La segunda carta es más larga y da mucha información sobre los tiempos de viaje de los mensajeros. Está fechada el 23 de mayo:

> Mi querida Lolotte, recibí tu carta del 14 el día 21. Tu hermosa carta que me hizo mucho bien. Como ninguna otra carta. Nunca antes. Lloré como un niño. Me bastó cerrar los ojos para ver nuestro querido departamento y a todos ustedes, mis queridos. Me preocupaba mucho tu vida material y encontré aquí a un amigo que conocí cuando tenía la edad de Beatrice* y que se ofreció a escribir a su secretario en París para que te pagara veinte mil francos.
>
> [...] Conocí a un joven de Alès en el lugar donde trabajo, y le pedí que escribiera a su familia para que hiciera saber a Brabo que trabajo en el mismo lugar que este joven camarada requería. [...]
>
> ¿Describirte mi vida aquí? Necesitaría más tiempo y papel y la certeza de que esta carta te llegará. Lo haré en la primera oportunidad que se presente. No he recibido el paquete que me enviaste el día de Año Nuevo. Supongo que la persona que debía de ir a verte a finales de noviembre se encargó de ello y, como cambié de habitación, no la volví a ver. No envíes ningún paquete. No quisiera privarte de nada. No estamos seguros de recibirlos.
>
> La vida que llevamos es una vida de trabajo sobrehumano. He aguantado y sigo aguantando. Resistiré [énfasis en el original]. Quiero volver a verte. Me gustaría arrodillarme ante ti y pedirte perdón por todo el dolor que te estoy causando. Doy las gracias a las niñas por su duro trabajo. Todo lo que tengo aquí son las tres pequeñas fotos de las niñas. (Que miro en ocasiones solemnes.) Abrazos a los amigos. Saludos a Louisette y a los señores Charton.
>
> Te beso con todo mi corazón y te quiero.
>
> Léon

---

* Su hija Beatrice nació en 1930, por lo que tenía 12 o 13 años.

A lo largo de sus cartas, Léon dejaba entrever algunas informaciones sobre sus condiciones de vida en el campo, sin dar nunca detalles. Las instrucciones para escribir eran estrictas, y si las incumplía podía verse privado del correo. Nunca se incluía información sobre su lugar de trabajo y su ocupación real:

> [...] Desde hace unos días tengo un trabajo mucho más fácil y se adapta maravillosamente a mi naturaleza; al estar menos cansado por la noche, espero poder escribirte más a menudo. [...] [Carta del 4 de julio de 1943]

O también:

> Como te escribí, tengo un trabajo fácil y estoy bien física y moralmente. [Carta del 8 de julio de 1943]

El 16 de diciembre de 1943 escribió:

> No puedo decirte cuánto bien me hacen la bufanda y el suéter. Nuestra barraca tiene buena calefacción y trabajo bajo techo la mayor parte del tiempo, no al aire libre como el año pasado por estas fechas.

Unos meses después volvió a cambiar de ubicación:

> Estoy trabajando en buenas condiciones, en una fábrica con buena calefacción, y el aguanieve de marzo no me preocupa en absoluto. [Carta del 21 de marzo de 1944]

No ha sido posible rastrear con precisión los lugares y, sobre todo, el trabajo al que se destinó a Léon durante su estancia en la zona *Blechhammer*. De hecho, este nombre se utiliza para describir un grupo de campos alemanes: campos de prisioneros, campos de trabajo, campos disciplinarios y campos de concentración, pero también un campo de trabajo para judíos (ZAL, *Zwangsarbeitslager für Juden*). Los sellos de los sobres y el hecho de que el correo pasara por trabajadores franceses del STO pueden sugerir que Léon trabajó con ellos o cerca de ellos. El campo Blechhammer Sur era una fábrica de la *IG Farbenindustrie* que se encuentra al sur de Heydebreck. A partir de 1940 muchos prisioneros y deportados de los países ocupados por el Reich, a los que posteriormente se unieron los trabajadores del STO, se instalaron en el nuevo distrito sur de Heydebrek, cerca de la fábrica.*

En estas cartas Léon es más propenso a hablar de sus sueños a futuro que a describir sus condiciones de vida. Sin embargo, algunas líneas arrojan luz sobre su estado de ánimo:

> Estoy bien, pero la comida es insuficiente. [Carta del 6 de julio de 1943]

> Hoy, a lo largo de todo el día, tuve contigo un coloquio y deseaba escribirte largo y tendido esta noche. Pero sentado aquí, en medio del tumulto, me resulta difícil recuperar ese santo regocijo del día [...].
>
> Durante el día leí esa maravillosa y divina obra *Imitación de Jesucristo* y me dieron ganas de rezar. Leo muy poco, pero en cambio rumio mis lecturas pasadas y me asombro —al igual que mis innumerables compañeros— de la riqueza y el esplendor de mis recuerdos. He dado charlas sobre temas de filosofía y literatura, sin la ayuda de ningún libro, con muy poca preparación, y he obtenido algunas valiosas satisfacciones morales. [...]

---

* La fábrica fue bombardeada varias veces entre el 7 de julio y el 26 de diciembre de 1944. Esta información está confirmada por una carta que recibió Charlotte de la señora Jauffrion, madre de uno de los amigos de Léon. El 11 de julio Charlotte, preocupada, le preguntó si había recibido noticias de su hijo. El 28 de julio de 1944 la señora Jauffrion respondió: «Acabo de recibir una carta de mi hijo. Me dice que los bombardean todos los días, pero que tienen buenos refugios».

Envíame las fotos más recientes de los niños. Y una de mis fotos ampliadas [...]. El jabón que has hecho es una maravilla. Lo uso como jabón para la barba (me afeito cada 3 días). [Carta del 18 de agosto de 1943]

Hoy es domingo. Un domingo sin trabajo. Estoy preparando una breve conferencia, de memoria, sobre la obra de Paul Morand, que tengo que dar esta tarde. Cierro los ojos y me encuentro en nuestra habitación roja. Se está muy bien en nuestra casa. [...]
Me gustaría dejar de abrir los ojos. Dejar de escuchar las voces de mis compañeros. Para sentirme realmente en casa. Bajo con Aline. Nos dirigimos a la estación de Montparnasse a ver los juguetes del centro comercial. Vamos a tomar un aperitivo en la *Coupole*. Mi pequeña Aline ha crecido mucho. Dejar de abrir los ojos a la realidad presente... Paso todos los días de camino al trabajo por delante de un jardín lleno de flores de sol. Y pienso en tus soles pintados.* [...]
Tuve entre mis manos un número reciente de *L'Écho de Nancy* que anunciaba que las escuelas se abrirían el día 18, debido al peligro de los bombardeos aéreos. [...]
La deliciosa hora que acabo de pasar en la imaginación contigo. [Carta del 3 de octubre de 1943]

Estoy leyendo con gran placer *Notre avant-guerre* de Raymond [*sic*] Brasillach.** [Carta del 10 de octubre de 1943]

Como siempre, la frecuencia de las cartas y paquetes es una de las principales preocupaciones de los presos:

---

* Charlotte es pintora.
** *Nuestra preguerra*. El nombre correcto del autor es Robert Brasillach y no Raymond. [*N. de la t.*].

Escríbeme a la dirección que figura en el reverso del sobre. Te escribiré más extensamente al final de la semana.

PD: En el paquete, incluye alimentos vitaminados, aquí no sé cocinar. Contéstame por correo exprés, llegan más rápido. [Carta del 8 de julio de 1943]

He recibido tus cartas del 12 y del 23 de julio, así como el paquete que me anunciaste: te lo agradezco de todo corazón. No he podido escribirte durante 5 semanas y he sufrido por no haber podido hacerlo. [Carta del 18 de agosto de 1943]

Si no te escribo más a menudo, es porque no puedo. Si fuera por mí, recibirías al menos dos cartas a la semana. Te escribo esta carta en una habitación ocupada por 24 compañeros ruidosos, imposible concentrarme. Estuve como enfermero durante unas semanas, lo que me permitió leer mucho [...].

Si tienes problemas para pagar el dinero que te pido, no lo hagas. No lo necesito. No envíes paquetes. Todo va mejor. [...] Puedes enviar fotos en las cartas. Al menos eso es lo que me han dicho los compañeros. [Carta del 25 de septiembre de 1943]

No he recibido nada desde tu carta del 27 de agosto pasado y estoy empezando a preocuparme. [Carta del 3 de octubre de 1943]

Te agradecería mucho que me enviaras por paquetería postal una bolsa de lona pesada, 2 pares de medias, tres pañuelos, un jabón para la barba, un jabón de tocador, hojas de afeitar, un cepillo de dientes y la bufanda color ladrillo que tejió Beatrice, puedes poner fotos en el paquete. [Carta del 10 de octubre de 1943]

Si por casualidad nos vamos de aquí a otro lugar, no te sorprendas ni te preocupes si durante algún tiempo no recibes una carta mía. [Carta del 10 de noviembre de 1943]

Si quieres pedirle al señor De Lys que te ayude a depositar la suma indicada [...] me hago responsable. Eso me permitiría comprar algo más para comer. Con la ración que recibimos, podemos aguantar, pero un poco más no viene mal. [Carta del 11 de noviembre de 1943]

Es interesante observar a qué grado era posible el intercambio con el mundo exterior. Ciertamente, Blechhammer no era un campo de exterminio, y Léon, que paró en la estación de Kosel, no experimentó Auschwitz-Birkenau. Estaba sometido a un régimen de trabajos forzados, pero estaba en contacto con el mundo exterior, gracias a sus compañeros del STO o a los trabajadores libres que tenían derecho a salir.

Así, pudo mantener un vínculo con Charlotte, recibir correspondencia, paquetes y giros postales. No hay nada que indique las condiciones bajo las que se prestaban estos servicios. Hay varias referencias a sumas de dinero que se depositaban. ¿Se pagaban los servicios?

Un favor: toma la suma de dos mil francos del dinero que te dará la prometida de Nicou y dásela a la señora Paulette Cormerais, en el número 5 de la rue Froidevaux, distrito XIV, para Léon. Gracias de antemano. [Carta del 8 de julio de 1943]

Mi amigo Nicou está gravemente enfermo desde hace tiempo y no ha podido hacerse cargo de los veinte mil francos prometidos. Lo hará en breve. [Carta del 18 de agosto de 1943]

El portador de esta carta volverá aquí. Ponte de acuerdo con él para que me envíes una carta. También dale un par de mis gafas. [Carta del 25 de septiembre de 1943]

¿Serías tan amable de pedirle a la señora Olga Herten, 5 Villa Monceau, del distrito XVII, París, que vaya a verte? A su marido,

> compañero de habitación, quisiera saber si le llegó su carta de finales de agosto y le gustaría tener noticias suyas. [Carta del 10 de octubre de 1943]

> Pronto recibirás la visita de mi amigo Jean, que está en París de permiso. Por favor, dale mi par de zapatos Préciosa, un cinturón de cuero, la gramática rusa de la colección Otto-Sauer, junto con el libro de la clave, y el *Dialogue entre Hylas et Philonous* de Berkeley, la *Monadología* de Leibniz, mi pequeña pipa nueva y cualquier otro bien disponible. Si mi amigo acepta el encargo. [Carta del 30 de octubre de 1943]

> Mi querida Lolotte, el portador de esta carta, un compañero muy simpático que trabaja en el mismo sitio que yo y que se ha portado muy bien conmigo, quiere pasar a saludarte de mi parte. ¿Recibiste la visita del amigo Jean? ¿Le puedes entregar al portador de esta carta, de mi parte, lo que puedas? Cualquier cosa para comer. Y un regalo para él. [Carta del 11 de noviembre de 1943]

En el transcurso de estos intercambios Léon nunca se olvidó de mostrarse preocupado por su familia y de expresarle su afecto:

> Diles a los amigos que pienso en ellos con mucho cariño. Y a las [chicas] que mis pensamientos están siempre con ellas. Que les agradezco con todo mi corazón la bondad que tienen para con ustedes. Que estoy bien y espero volver a verlos pronto. Mi querida Lolotte, sé valiente. Nuestra separación no durará mucho más. [Carta del 3 de octubre de 1943]

Las cartas se suceden a un ritmo más o menos regular, algunas se envían por correo, otras se las entregan en mano a Charlotte los trabajadores franceses que tienen permiso para salir:

> Creo que mi camarada Brassac ya no volverá por aquí, porque la empresa que lo emplea está contratando para Francia. No tenemos más noticias de mi camarada Jean, que ciertamente no ha ido a verte. [Carta del 16 de diciembre de 1943]

Aunque el contenido de la correspondencia se refiere sobre todo a la petición de cartas y paquetes, y a la realización de gestiones, Léon también está muy preocupado por Charlotte y los niños, por cómo está ella y de dónde puede recibir ayuda y apoyo. Pregunta con frecuencia por los amigos.

A finales de 1943, Léon cambió de ubicación:

> Blechhammer, 19/12/1943
> Desde hoy, ya no trabajo en el mismo sitio, y además tengo previsto volver a Francia a finales de enero, así que no me envíes más paquetes.

El 3 de enero, en una larga carta a Charlotte, explica:

> Si no te he escrito en los últimos días, es porque mi situación era incierta, tuve que dejar de trabajar para la misma empresa. Pero creo que este estado de incertidumbre terminará en unos días.

Después de muchos detalles sobre el contenido de los paquetes recibidos, nos enteramos también de que le llegaron noticias de Francia:

> He oído que París —o la región de París— ha sido bombardeada en los últimos días. Espero recibir pronto una carta tuya para tranquilizarme.
> Me va muy bien. Aquí me gusta más el invierno —sobre todo si no es severo— que el verano. Los días de trabajo son más cortos y se puede dormir más tiempo. (Nos acostamos a las ocho de la noche.) [Carta del 3 de enero de 1944]

Hasta el 6 de febrero consiguió volver a escribir:

> Como te escribí, desde el día 15 hay restricciones a la correspondencia con el extranjero. No te sorprendas si recibes menos correo. [...]

Y como *nota bene* añadió:

> Puedes seguir enviando paquetes, ya que no espero volver hasta dentro de varios meses.

¿Qué sucedió? ¿Creía realmente Léon que podría ser liberado y disfrutar del mismo estatus que los trabajadores franceses que estaban con él?

Las cartas las enviaron los compañeros de Léon: André Jauffrion, Hilaire, Brassac... y quizá otros que contribuyeron a mejorar su vida cotidiana al permitirle recibir noticias y paquetes. La circulación de la correspondencia parece haberse visto muy afectada a principios de 1944. El correo tardaba en llegar y a veces no llegaba en absoluto.

El 9 de mayo Léon escribió:

> He recibido tu carta del 18 de abril y la foto que la acompaña. Muchas gracias. Escribes que la última noticia que recibiste de mí fue el 27 de febrero. Te he escrito seis veces desde entonces y especialmente una carta el 17 de marzo pasado [...].
>
> Escríbeme a menudo. Me enteré de que el correo tarda en llegar. La última carta que se conserva está fechada el 1° de julio.

Anuncia la muerte de su amigo Nicou:

> Ingresó en el hospital el día 22 y murió dos días después. Abatido, me susurró. Estuve con él todo el tiempo que estuvo en-

fermo. Y fue a mí a quien pidió que escribiera sus últimos deseos, a la atención de su abogado, en el número 184 de la rue de la Boétie. [...] Es, en opinión de todos, el mejor de nosotros que ha fallecido.

Después de esta carta, el último rastro de vida que recibió Charlotte de su marido fue una nota, garabateada apresuradamente en un papel. No tiene fecha. No se sabe dónde se escribió ni cómo llegó a París.

En la segunda mitad de 1944 el campo de Blechhammer se integró al sistema de campos de concentración y se anexionó al campo de Auschwitz, del que se convirtió en un kommando. Los prisioneros que estaban allí fueron evacuados a otros campos. Tenemos pocas pistas sobre el viaje de Léon después de su partida. Un trabajador francés que conoció a Léon en el campo confirmó las condiciones de su muerte el 26 de enero de 1945 en una carretera de la zona de Auschwitz.[11]

SIMON COHEN

Simon Cohen nació el 14 de mayo de 1908 en Salónica, entonces bajo la dominación del Imperio Otomano; de nacionalidad turca, al igual que su hermano menor Élie, nacido el 15 de abril de 1913. Simon llegó a Francia cuando solo tenía siete u ocho años. Cuando sus padres se divorciaron, se quedó con Dona, su madre, que vivía en el número 67 del quai de Seine, en el distrito XIX, junto a los bajos de la Villette. Detenido por la policía de asuntos judíos con su hermano menor en el café Le Monaco, situado en el distrito IX a pocos minutos de la sinagoga Buffault, ambos fueron internados en Drancy el 26 de septiembre de 1942, tras un breve paso por la jefatura de policía de París.

A su llegada, se les declaró «sin profesión», a pesar de que en el formulario redactado en el momento de su declaración en la jefatura de policía Simon señaló que era un «ex viajante de comercio» «incapaz de justificar ninguna nacionalidad». Por ello se le registró en el campo con nacionalidad turca, en la escalera 2, habitación 3. No tuvo mucho tiempo para familiarizarse con el campo, ya que lo deportaron dos días después, el 28 de septiembre de 1942, en el convoy número 38, que salió de la estación de Bourget-Drancy con 900 judíos a bordo.

Desde Drancy, Simon escribió una emotiva carta a sus padres:

Drancy, domingo por la noche.*

Queridos parientes: escribo estas pocas líneas de prisa para decirles que partimos mañana temprano supuestamente hacia Metz y de allí a no sé dónde. Ya les había enviado una carta el sábado; nos vamos sin ropa, ahora es mucho peor, tenemos que irnos, no hay nada que hacer, somos mil los que nos vamos, y se van todos los días. Hay franceses de origen, excombatientes, ancianos, niños, de todo. Sin piedad. Así que no deben salir a la calle y deben esconderse bien, no dejen a mamá y a papá solos porque también se los pueden llevar. Vivimos momentos de vergüenza tumbados en la paja sin manta, una sopa que se da a los cerdos. Esperamos en Dios, y hace falta valor para volver a vernos vivos gracias a Dios. No hay que desanimarse, sino afrontar los hechos, porque no tendrán noticias nuestras hasta dentro de 5 o 6 meses, a no ser que se acabe antes. Hagan todo lo necesario para traernos de vuelta, nunca se sabe. Pierre, si Dany te da los papeles del Consulado, ve a ver al comisario Bouquin de la rue Greffulhe,[12] y pídele que haga lo que sea necesario y tome todas [ilegible] para recuperarnos, aunque estemos sin un centavo.

Queridos papá y mamá: puedo imaginar su dolor, pero nos tocó, si no hubiera sido ayer, hubiera sido otro día, no se preocupen, el buen Dios está con todos sus hijos. Ahora que lo saben, cuídense mucho, y mamá puede vivir con ustedes, aunque solo sea durante seis meses, se acabará.

Georges, cuida de Francine como si yo estuviera allí. Sé para ella [ilegible] y que no le falte nada, y te debo diez mil francos que le entregarás. Pierre, Adèle, Suzanne, Odette, Georges, Francine, les pido en este [ilegible] trágico que me juren que harán todo por papá y mamá, y les mando un beso a todos, así como a Élie, con todo mi corazón, y sean valientes, nos volveremos a encontrar. Estén cerca de papá y mamá hasta sus últimos [ilegible].

---

* El 27 de septiembre de 1942 fue un domingo.

[Al margen] Papá y mamá, no se preocupen, nos veremos sanos y salvos y miles de besos para todos y tenemos que decidirnos. Besos desde el fondo de mi corazón.

Arnold se va con nosotros y Jacques espera.

El convoy llegó a Auschwitz la noche del 29 al 30 de septiembre de 1942. En el lugar, se seleccionó a 123 hombres para trabajar y se les asignaron los números 66 515 a 66 637. También se seleccionó a 48 mujeres. A otros hombres sanos, de entre 17 y 47 años, los bajaron del tren en la estación de Kosel antes de llegar a Auschwitz. Este fue el caso de Simon y su hermano menor.

Simon pudo enviar muchas cartas a su familia desde el campo de Blechhammer, beneficiándose de la complicidad de los trabajadores franceses del STO que le permitieron escribir utilizando sus nombres. Gracias a esta correspondencia, pudo mantener un vínculo con su familia y, sobre todo, recibir noticias y paquetes de ellos. Estos últimos eran especialmente importantes, no solo para obtener comida extra, sino también medicinas, que eran esenciales para la salud de su hermano. Élie era epiléptico, por lo que Simon pedía en cada carta que le enviaran los comprimidos de Gardénal.

El 3 de mayo de 1944 Simon Cohen envió una tarjeta a un tal señor Legrand, que vivía en la calle de Nantes en el distrito XIX de París:

Queridos todos:
Esta carta con mucha prisa es para decirles que Frangie y yo estamos bien y que no se preocupen. He recibido cinco cartas y seis, siete paquetes [*ilegible*] en el último mes y les ruego que a partir de ahora me envíen como máximo dos paquetes al mes que solo contengan grasas, azúcar, un trozo de jabón y de vez en cuando los comprimidos [Gardénal].

No hay noticias del señor Pentecôte. Me he enterado por sus cartas de que Simon también corre el riesgo de resfriarse y casi no puede escribir. Roger Flandre les dará noticias de él, pues con su nueva gestión no puede ni siquiera mantener un [*ilegible*] ? Hacen bien en llevar a Vicki de vacaciones; si es necesario, podrían ir todos juntos. Ya verán ustedes, hagan lo correcto. Espero que Denise y Papou estén bien y que todos ustedes también y repito que he recibido un total de siete hilos de corsé. Termino dándoles un fuerte abrazo a todos. Denise, Papou, Viki en particular, y tú Ginette, mis más cariñosos besos. Jean

 Remitente: Jean Lassagne Lager 49230417 Blechhammer

Martes, 16 de mayo de 1944

Queridos todos:
Esta carta es para que sepan que Frangie y yo estamos bien y que no deben preocuparse. Hace diez días recibí cuatro cartas que me hicieron muy feliz, así como varios paquetes. A partir de ahora, les rogamos que envíen un máximo de dos paquetes de 5 kg al mes que contengan grasa, azúcar y un trozo de jabón y, de vez en cuando, un paquete de comprimidos. Me he enterado de que Simon está controlado en exceso por sus nuevos jefes y que le resulta muy difícil escribir y que lo hace todo con [*ilegible*] ya que puede pescar un resfriado. Todavía no hay noticias de Pentecôte. Me alegra saber que Kiki se va de vacaciones y espero que a estas alturas se encuentren todos en el campo, así como Denise y Henri, pues sé de los bombardeos que asolan París con esos cerdos ingleses. [*ilegible*] te ruego que hagas lo mismo que Odette, si no lo has hecho ya, que será mi alegría con Odette [*ilegible*] y sobre todo mucho valor. Ginette, te has olvidado de mí, no lo creo. Terminaré dándoles un gran beso a todos, y tú, Suzanne, también descansa.

 Muchos besos a todos.
 Pierre

La carta la escribió esta vez un hombre llamado Pierre K, en la misma dirección del campo. Aunque el destinario sigue siendo el señor Legrand, la dirección ha cambiado. Se trasladó al 61 de la rue de Flandre, siempre en el distrito xix.

La tercera carta está dirigida de nuevo al señor Legrand, en el número 4 de la rue de Nantes. Esta vez la escribió supuestamente un hombre llamado Roger Daniel:

20 de junio de 1944

Queridos todos:

Les escribo esta carta rápidamente para decirles que estamos bien, así que no se preocupen. Hace más de quince días que les escribí y no tengo noticias suyas, su última carta es del 15 de mayo. Espero que Denise y Henri y todos ustedes estén ahora en el campo [*ilegible*] de los eventos. Roger Flandre ha vuelto a nosotros, y pueden seguir enviándole los paquetes, así como los comprimidos [Gardénal], Néocodion, jabón, cuatro o cinco hilos de corsé ya que vive [*ilegible*] y también enviarle una carta amable lo mismo que a su madre, ya que no fue muy bien recibida en casa de la madre de Pierre, y está muy disgustado y es alguien muy servicial. Frangie está bien. Espero que Viki también esté bien igual que Ginette. Espero noticias suyas con impaciencia. Termino con un gran beso a Denise, Kiki y Henri en particular.

La última misiva que se conserva de Simon Cohen lleva la fecha del 28 de junio de 1944:

Mis queridos todos:

Esta tarjeta a toda prisa para informarles de la buena salud de Frangie y mía. Hace ya más de tres semanas que [ya] no recibo noticias suyas, su última carta del 15 de mayo, así como el paquete. Espero que Denise y Henri y Suzanne y todos ustedes estén en el campo, sean valientes, los días buenos se acercan.

> Por favor, escriban una carta de disculpa a Roger Flandre y a su madre, ya que fue mal recibida en casa de la madre de Pierre, y Roger es un chico muy servicial que presta un gran servicio. Por favor, envíenme comprimidos, Néocodion u otras pastillas ya que mi bronquitis no me deja, algún jabón y cinco corsés como la última vez ya que vivo con los tres últimos. Aquí siempre el señor espanto, en cuanto a Pentecôte, todavía no hay noticias. Cuídense y no se preocupen por nosotros. Envíennos dos o tres paquetes al mes aquí. Cuiden bien a Denise, Henri, Kiki y a todos ustedes porque lo deben de estar pasando mal. Muchas gracias a Ginette, de quien sigo esperando noticias. Envío a todos un fuerte abrazo a Papou, Denise y Kiki en particular.

Al igual que la anterior, la firma Roger Daniel.

Las cartas que escribe Simon Cohen se envían por correo ordinario. Están selladas y el timbre indica «Heydebreck». El campo de Blechhammer es el nombre alemán de la actual pequeña ciudad de Blachownia, situada entre el pueblo de Sławięcice y la ciudad de Kędzierzyn-Koźle en la Alta Silesia, al sur de Polonia. Heydebreck fue el nombre alemán dado a la ciudad polaca de Kędzierzyn-Koźle durante la guerra.

Todas las cartas enviadas desde el campo de Blechhammer estaban escritas de puño y letra por Simon. Son difíciles de leer, no solo por la mala calidad de las reproducciones, sino también porque Simon utiliza un lenguaje codificado que no es fácil de descifrar. Al menos se puede determinar que el nombre «Frangie» se refiere al hermano de Simon, Élie. Fueron deportados, permanecieron juntos mientras duró su deportación y ambos regresaron. Las personas mencionadas son parientes cercanos, hermanas, cuñados, amigos, etcétera.

Cuando se evacuó el campo, Simon se escondió con su hermano y algunos compañeros en la carbonera del campo. Los liberó el Ejército Rojo el 30 de enero de 1945. La repatriación tomó tiempo y se hizo en avión, debido a la salud de los dos hermanos. Simon, al igual que Élie, no habló de su deportación. Liliane, una de sus hermanas, que vivía en Marsella, guardaba copias de las cartas. Los documentos originales no se han encontrado hasta hoy.

Simon Cohen murió en París en 1996.[13]

JACQUES FEUERSTEIN

Mientras que la gran mayoría de los deportados judíos de Francia no pudieron dar ninguna noticia tras su deportación, otros tuvieron varias oportunidades. Este es el caso de Jacques Feuerstein, cuya historia es, en muchos sentidos, extraordinaria. Jacques, cuyo verdadero nombre era Efraïm Jakob Feuerstein, fue detenido el 8 de noviembre de 1943 en la plaza Bellecour de Lyon. Este joven, descrito por sus compañeros como chispeante y lleno de vida, nació el 5 de abril de 1922 en Dobczyce, Polonia. Vivió con sus padres en Metz, donde estudió Derecho. En 1941 se unió a «La Sixième», el movimiento de resistencia de los *Éclaireurs Israélites de France*.* Su trabajo consistía en trasladar a los niños judíos refugiados de Austria y Alemania a escondites, instituciones o casas de agricultores. Destinado a Clermont-Ferrand, estuvo en contacto regular con Alice Ferrières, profesora de matemáticas en el instituto Murat del Cantal, para proporcionar ayuda y refugio a los judíos perseguidos. Trasladado a Lyon por su grupo, se encargó de organizar un laboratorio para la fabricación de papeles falsos que se suministraban a judíos y a los trabajadores rebeldes de la STO.[14]

Jacques fue detenido e internado bajo la falsa identidad de Jacques Forgeot, y es bajo este nombre que aparece en la lista

---

* Los *Éclaireurs Israélites de France* es una organización judía de exploración y guía, similar a los Boy Scouts. [*N. de la t.*].

del convoy número 63 que salió de la estación de Bobigny el 17 de diciembre de 1943. A su llegada a Auschwitz-Birkenau le dieron el número 169794.

En el expediente de la DAVCC[15] se informa de que una tarjeta firmada por Jacques Forgeot, registrada con el número 3456 el 27 de marzo de 1944, se envió a una tal señora Feracci. Vivía en Riom, en el Puy-de-Dôme, y era vecina de los padres de Jacques. Al escribirle, sabía que recibirían la información y se mantendría en secreto su identidad y dirección. Así, nos enteramos de que, cuando escribió la tarjeta, se encontraba en el campo de Monowitz. La tarjeta UGIF no menciona ningún correo de retorno dirigido a Jacques. Pero la historia no termina ahí. Tenemos otra carta, todavía dirigida a la señora Feracci, esta vez firmada por Jacques Vacher. La tarjeta lleva la fecha del 10 de julio de 1944 y el sello de la oficina de correos de Auschwitz indica el 12. Escrita en francés, no pasó por el circuito de *Brief-Aktion*:

> Remitente:
> Jacques Vacher
> Equipo CJF 25
> Lager II West Auschwitz O/S
> Deutschland
> Auschwitz, 10-07-1944
>
> Estimada señora:
> Solo unas palabras para decirle que he recibido su carta del 9 de junio. Me alegra mucho tener noticias de ustedes y saber que gozan de buena salud y que han recibido mis cartas. Me dice que su quinto paquete ya salió. Espero recibirlo; hasta ahora he recibido los cuatro primeros en muy buen estado. Si puede enviarme frijoles y pasta, tendré los medios para cocinarlos aquí. Finalmente, sabe que todo me complacerá. Mi salud sigue siendo la misma y mi estado de ánimo también. Es-

toy deseando que termine esta guerra. Por el momento, el trabajo va bien y no es demasiado duro. Espero que goce de buena salud. Un saludo de mi parte a todos. Hasta pronto, Jacques.

¿Era Vacher otro seudónimo de Jacques, o se trataba de un trabajador libre que fungía como prestanombres? Esto último es más probable, ya que sabemos que podía escribir y recibir paquetes, lo que estaba estrictamente prohibido para los deportados judíos. El Lager II West (el nombre completo es *Lager II West Buchenwald*) es el campo del STO situado cerca del campo de Monowitz. Los STO se organizaron en equipos, lo que corresponde a la declaración de la dirección del remitente. Tenían el estatus de trabajadores libres y, por lo tanto, no formaban parte del sistema de campos de concentración. Por eso podían escribir en francés y recibir paquetes. Este era el caso de Jacques, quien afirmó haber recibido varios paquetes y estaba a la espera de recibir más. El trabajo no es demasiado duro, dice, y su salud sigue siendo bastante buena. Esta es la última carta de su puño y letra que se ha conservado.

En los archivos del Instituto Yad Vashem de Jerusalén se conservan fotocopias de algunos documentos relacionados con Jacques Feuerstein. Entre ellas se encuentra la carta escrita en el contexto de la *Brief-Aktion*, pero su calidad es tan pobre que es imposible transcribirla. También se archiva allí otra carta escrita con el nombre de Jacques Vacher, que firmó con su seudónimo «Fayot», y que es anterior a la del Memorial. Proporciona información valiosa:

Auschwitz, 18 de marzo de 1944
Aprovecho mi cumpleaños para darles noticias después de tanto tiempo. Sigo muy bien, el trabajo es bueno gracias a los paquetes que me envían. Todavía me veo bien. Estoy disfrutando mucho de la [*ilegible*] grasa y los 10 kg a la semana son muy buenos. Todavía estoy con mi amigo de Lyon. Nada ha

cambiado. Escriban más a menudo. Dentro de unos días les enviaré una segunda carta con muchos más detalles. Espero que esta pequeña tarjeta contenga suficiente información para que no se sorprendan demasiado. Todos los días espero tener noticias suyas. Mis mejores deseos para Denise, Joseph, Gisele, Pierre Z. y todos los demás.

Jacques Fayot[16]

Esta carta demuestra que Jacques pudo mantener una correspondencia regular con sus padres, a través de la vecina, la señora Feracci. Gracias a los paquetes pudo seguir el ritmo, pero nos enteramos de que este joven, en un admirable comportamiento, los compartía con sus amigos.

Después de la guerra, los testimonios de los compañeros deportados confirmaron que todavía estaba en bastante buena forma cuando se evacuó el campo de Auschwitz y sus kommandos en enero de 1945, en dirección a Gleiwitz.

En una carta fechada el 26 de julio de 1945 Jean-Paul Blum,* compañero de deportación de Jacques, le cuenta a la hermana de este su trágico final:

Señora:
Es una triste tarea para mí responderle, porque desafortunadamente las noticias que puedo darle sobre su hermano no son buenas.

De hecho, conocía muy bien a Jacques, incluso me había hecho amigo suyo. Trabajamos en el mismo kommando durante mucho tiempo y cuando llegó la evacuación en enero, permanecimos juntos para afrontar el terrible viaje. Como le dijo el doctor Waitz, Jacques seguía en excelente forma en Gleiwitz. Luego nos subieron a un tren y de nuevo nos las arregla-

---

* Jean-Paul Blum nació el 4 de abril de 1921 en Estrasburgo. Lo deportaron en el convoy número 68 el 10 de febrero de 1944. Su número de registro en Auschwitz fue el 173 723.

mos para estar en el mismo vagón. El terrible viaje que costó la vida a casi la mitad de nosotros fue también fatal para su hermano. Es muy doloroso para mí decirle esto, señora, pero no tiene sentido engañarse con ilusiones que tarde o temprano se destruirán de todos modos. Jacques no debía ver el final de este trágico viaje. Se ahorró mucho sufrimiento más adelante.

Uno de nuestros camaradas, Robert Francès, del número 25 de la rue de Civry, distrito XVI de París, que estaba con nosotros en el vagón, podrá confirmar mis afirmaciones, si lo desea.

Por favor, acepte, querida señora, mi más sentido pésame.

Robert Francès* también respondió a la solicitud de información sobre el destino de Jacques.[17]
El 8 de agosto de 1945 escribió:

Señor:
Como sospechaba, su carta me ha traído recuerdos muy dolorosos. El caso de su hermano es en especial trágico. Fayot era un muchacho excelente al que todos querían por su energía y su espíritu inquebrantable. En Monowitz, el profesor Waitz y Jacques Feldbau,** los enfermeros franceses de mi convoy, se interesaron de forma particular por él, y Jacques les suministraba comida en secreto.

Cuando salimos de Gleiwitz el 10 de enero, se subió a nuestro vagón, donde estábamos apiñadas 200 personas y corríamos gran peligro de asfixia. Jacques Fayot, J.-P. Blum y yo formamos un grupo muy unido y nos defendimos con todas nuestras fuerzas. Fayot estaba lleno de valor y de una admi-

---

* Robert Francès, nacido el 4 de diciembre de 1919 en Brousse (Bursa), Turquía. Su número de registro en Auschwitz era el 157 034. Liberado en Baviera el 27 de abril de 1945, fue repatriado el 6 de junio de 1945.

** Jacques Feldbau, profesor de Matemáticas, nació en Estrasburgo el 22 de octubre de 1914. Miembro de «la Sixième» como Jacques Feuerstein, fue detenido en Clermont-Ferrand el 25 de junio de 1943 y deportado en el convoy número 60. Murió el 22 de abril de 1945 en Ganecker, Baviera, unos días antes de la Liberación.

rable camaradería. No recibimos ningún alimento durante los nueve días de viaje, en vagones abiertos, recibiendo la nieve y el viento helado, defendiéndonos de los asaltos de los matones polacos que querían matarnos a golpes o por estrangulamiento. Pasamos una noche detenidos en Praga y la población checa nos arrojó pan. Por una milagrosa casualidad, Jacques y yo atrapamos uno cada uno, que compartimos con Fayot y Jean-Paul. Pero todas las atrocidades habían perturbado nuestro sentido común. (Yo mismo deliré varias noches, los moribundos que estábamos sofocando bajo nuestros pies me arañaban constantemente las piernas). Fayot perdió de pronto el control y no reaccionó más. Se dejó llevar de un lugar a otro en el vagón, quejándose de extrema debilidad y dolores de cabeza. Tres días antes del final de este martirio, las SS (en Dresde, creo) hicieron abrir los vagones para evacuar a los muertos (ya los habíamos tirado por la borda) y dejar salir a los «enfermos». Fayot, a pesar de nuestras súplicas, quería bajarse. Los enfermos se amontonaron sobre los muertos, y los disparos que oímos unos minutos después nos dijeron que solo quedaban muertos en el andén de la estación.

Cuando llegamos a Orianenburg, solo quedábamos 35 (de 200).

Pero me detengo... busco en vano un pensamiento que pueda consolarle por la pérdida de un hermano y amigo tan amable.

Saludos cordiales,

R. Francès

Los terribles testimonios de Jean-Paul Blum y Robert Francès sobre las últimas horas de Jacques se escribieron pocas semanas después de su repatriación. Las atrocidades que vivieron siguen muy presentes en su memoria. Responden así a la demanda de la familia, a su aguda necesidad de saber cuándo y cómo fue asesinado, de abandonar toda esperanza de verlo regresar para poder llorarle.[18]

TERCERA PARTE
LA LIBERACIÓN

El 27 de enero de 1945 el Ejército Rojo descubrió el campo de Auschwitz y a los siete mil sobrevivientes que aún estaban ahí, demasiado enfermos o demasiado débiles para participar en la evacuación, en las siniestras «marchas de la muerte» organizadas por las ss, y abandonados a su suerte por sus carceleros.

Esta liberación no significó el fin del calvario para los deportados. Muchos de ellos murieron poco después a causa de las enfermedades y los malos tratos. Solo los más fuertes sobrevivieron. Para estos últimos la urgencia era entonces salir de ese infierno y regresar a su patria y con sus familias: «Por la noche, sueño que estoy en el tren de vuelta», escribe André Berkover, que había sido detenido y deportado a Auschwitz a los 15 años con su hermano mayor. Según investigaciones recientes, solo regresó algo más de 5% de los judíos deportados de Francia como parte de la Solución Final (y cuyos nombres se conocen).

Pero ¿cómo volver cuando Europa sigue en llamas y el inexorable derrumbe del Reich provocará un caos humano y material nunca visto en el Viejo Continente? En el año 1945 la desorganización es total. Para los antiguos deportados el viaje de vuelta era largo y complicado: en barco, en avión, en tren y, a veces, incluso en camión, pasando por Odessa, Praga o Múnich, según el lugar del que hubieran salido y quien los hubiera liberado.

Apenas les era posible, los deportados supervivientes escribían a sus familias en Francia, y ya no había censura; la expresión era ahora libre. Daban información sobre su salud y las condiciones de su liberación: «Aquí estamos contentos, ahora comemos bien, pero como nuestro estómago ya no está acostumbrado a las cosas buenas, hemos caído todos enfermos, pero no es grave», escribió Mireille Minces a sus familiares.

Algunos intentaron contar sus historias: «A menudo tenía hambre. Tenía que ir a la basura a buscar hojas de col y papas viejas y trabajé mucho», escribió Simone Haas, detenida y deportada en 1944. Otros seguían siendo evasivos: «Cuando esté entre ustedes, les contaré (lo que) he sufrido», volvió a decir Mireille Minces.

En algunas de las cartas los antiguos prisioneros descargan su ira contra sus verdugos y claman venganza: «Quiero que sepan que todas las acciones represivas y vengativas nunca serán exageradas contra los que inventaron este campo», escribió Yvonne Lévy a sus hijos. Deportada al mismo tiempo que su marido, Marcel, se despidieron poco antes de la terrible selección a su llegada al campo y no volvieron a verse. Hirsch Abel, nacido en Rusia y deportado en agosto de 1944 en uno de los últimos convoyes, opinaba lo mismo: «Este era un modelo de campo de destrucción de hombres, pero ahora son ellos los que están detrás de la alambrada, y eso es justicia».

Ahora libres, muchos de ellos se aburrían y se impacientaban mientras esperaban su repatriación. Algunos jugaban a la *belote*,* iban al cine, asistían a espectáculos que organizaba el Ejército Rojo. La compañía de sus liberadores era bastante buena, aunque la comunicación fuera difícil: «Lo lamentable es que no hablamos su idioma, cuando nos hablan no les entendemos, se ríen como niños, son unos camaradas encantadores», reía Hirsch Abel, aunque procedía del mismo país.

Esta colección de cartas es aún más interesante porque es limitada. A su regreso a Francia, los deportados repatriados

---

* La *belote* es un popular juego de cartas en Francia. [*N. de la t.*].

se dedicaron a reconstruir sus vidas y sus familias. Sus cartas, cuando se conservaron, estaban enterradas en cajones. Muchas de ellas serían descubiertas por sus descendientes, que estaban deseosos de estudiarlas y compartirlas.

ANDRÉ BERKOVER

André Berkover es hijo de Sophie y Benjamin Berkover. Ella nació en Rumania, él en Polonia, y se instalaron en París para formar una familia. Vivían en el número 2 de la rue Félix-Terrier, en el distrito xx de París, cerca de la Puerta de Bagnolet. André nació el 29 de julio de 1929, fue el menor de los hermanos. Antes de él nacieron una niña, Renée, en 1916, y un niño, Guy, el 13 de junio de 1924. La pequeña Marcelle murió muy joven.

En el momento de la declaración de guerra André era estudiante y seguía viviendo con sus padres, al igual que Guy que, en el momento del censo de 1940, declaró ser aprendiz de impresor.

Un día de mayo de 1944 a Guy lo detuvieron dos policías franceses cuando salía de las duchas municipales. Lo llevaron a la comisaría xx de policía, en la plaza Gambetta. Al ver que no regresaba, toda la familia se preocupó. Se enteraron de la noticia a través de un compañero de clase cuyo padre era policía en el barrio. Sophie decidió ir a la comisaría para pedir la liberación de su hijo. El joven André la acompañó, pero de nada sirvió; Guy permaneció encerrado y al día siguiente lo trasladaron a la jefatura de policía de la Île de la Cité. Allí permaneció ocho días antes de que lo llevaran al campo de Drancy, donde lo registraron el 31 de mayo de 1944.

Por temor a que los detuvieran, los demás miembros de la familia decidieron esconderse. Encontraron refugio en casa de la tía Marie, esposa del hermano de Benjamin, Judah

Berkover.* Este último fue detenido en julio de 1942 y deportado casi de inmediato. La tía Marie se había librado por poco de la detención gracias a un conocido que trabajaba en la jefatura de policía y que había retirado su nombre del fichero del censo. Vivía en la calle de Bagnolet, a 12 minutos a pie de la casa de su cuñado. Estuvieron escondidos durante un mes, manteniendo un perfil bajo. Pero necesitaban suministros. Sophie y André fueron al departamento de la rue Félix-Terrier para recoger algunas cosas, sobre todo ropa. Sophie aprovechó para ir de compras, dejando a su hijo en el piso. Quizá fue porque un vecino se dio cuenta de su paradero que la policía apareció. Detuvieron a André y esperaron tranquilamente el regreso de Sophie. Ese mismo día, 28 de junio de 1944, Philippe Henriot** fue asesinado por los combatientes de la Resistencia.

André y su madre fueron trasladados directamente a Drancy, donde encontraron a Guy, internado allí desde hacía un mes. En las fichas elaboradas en el momento de su registro se menciona el «kommando de Drancy» como origen de su detención. Este kommando se creó por iniciativa de Alois Brunner, el comandante de las ss que había estado a cargo del campo de Drancy durante casi un año. Lo conformaban equipos que se encargaban de detener a las familias de los internos que ya estaban en el campo, para agruparlas y deportarlas juntas. Apenas dos días después de reunirse, Guy, su madre y su hermano André fueron llevados en autobús a la estación de Bobigny, desde donde debían partir en el convoy del 31 de junio de 1944.

---

* Juda Berkover nació el 11 de septiembre de 1898 en Varsovia. Detenido el 16 de julio de 1942, fue deportado en el convoy número 7 el 19 de julio de 1942. No regresó de la deportación.

** Político francés, comprometido con la extrema derecha, Philippe Henriot fue una de las figuras de la propaganda proalemana durante la Segunda Guerra Mundial. En 1943 se incorporó a la Milicia Francesa y en enero de 1944 fue nombrado secretario de Estado de Información y Propaganda del gobierno de Laval. Fue asesinado por la Resistencia el 28 de junio de 1944. En represalia, la Milicia llevó a cabo asesinatos en todo el país.

El viaje duró más de tres días, eran ochenta en cada vagón, era verano y el calor era terrible. Algunos trataron de escapar. El convoy se detuvo, se produjo un tiroteo y metieron los cadáveres de nuevo al tren.

Al llegar a Birkenau separaron a los hombres de las mujeres. Aunque era muy joven, André pasó la selección. Como no quería separarse de su hermano, declaró tener 16 años. Ambos entraron en el campo y se registraron. Guy sería el número 16 574 y André el 16572. Es probable que su madre, Sophie, en mal estado de salud, fuera gaseada de inmediato.

Tras unas semanas de cuarentena en Birkenau los trasladaron al campo de Monowitz, a unos siete kilómetros de distancia, que recorrían a pie. A su llegada, André y su hermano no fueron alojados en el mismo bloque. Se les asignó a un kommando que hacía trabajos de tierra. Era un trabajo agotador, que los mantenía ocupados desde las cinco de la mañana hasta las seis de la tarde. Durante sus numerosos testimonios, André contó la barbarie de las SS, la orquesta que acompañaba la salida y el regreso de los kommandos que iban a trabajar, las llamadas interminables, el frío, el calor insoportable, la siega... También mencionó la compañía del STO, los trabajadores obligatorios franceses, algunos de los cuales les daban comida o hacían trueques con ellos. Aunque se encontraban a varios kilómetros del campo de Birkenau, percibían el olor a quemado.

Guy se consumió más rápido que su hermano. Era un joven fuerte y sano que sufría más las privaciones, a diferencia de André, que era todavía un adolescente enclenque. Guy pasó mucho tiempo en la enfermería, aquejado de picaduras de pulgas y piojos. Las selecciones eran frecuentes y en ellas se eliminaba a los más débiles. Durante una de las selecciones se mencionó su número. André consiguió sacarlo de las listas y lo escondió en las letrinas.

El 18 de enero de 1945 los prisioneros que aún podían mantenerse en pie fueron puestos en la carretera. André estaba entre ellos. Les dieron tres raciones de pan, salchichas, margarina y una manta. Guy estaba en la enfermería, incapaz de caminar; André se despidió de él dolorosamente.

Los prisioneros salieron a primera hora de la tarde con más de un metro de nieve en la carretera. A lo lejos oían el sonido de los cañones. Marcharon todo el día y toda la noche, se fusilaba a los rezagados a medida que avanzaban. Llegaron al campo de Gleiwitz, que acababa de ser evacuado. Al cabo de dos días volvieron a ponerse en marcha. Fue durante esta evacuación, aprovechando un tiroteo, cuando André abandonó la columna y se adentró en el bosque. Se refugió en una granja con campesinos polacos, donde permaneció escondido durante ocho días hasta la llegada de las tropas soviéticas, que lo pusieron bajo su cargo.

André sobrevivió, pero sus pies estaban congelados. Para tratarlo, lo llevaron a Gleiwitz, al instituto convertido en hospital. Permaneció allí un mes antes de que lo trasladaran al centro de repatriación de Katowice. Era un joven de apenas 16 años, recién salido de los campos, que escribió dos cartas a su padre y a su hermana, pero las dirigió a la señorita Debruyne, una amiga católica de su madre, porque no sabía si seguían en París:

Gleiwitz, 12/03/1945

Querido papá, querida Renée, querida Celine:

Les escribo esta pequeña nota para darles noticias de mi situación que es muy buena. Espero que hayan recibido mi última carta y que estén conscientes de mi situación. Me trasladaron a Katowice, donde permanecí 8 días en un gran hotel ocupado por el Ejército Rojo, y desde allí me trasladaron de nuevo a Gleiwitz a un hospital en el que me encuentro actualmente. Estoy comiendo muy bien y tengo más comida de la que necesito.

Ahora estoy casi curado y el médico ha dicho que en tres o cuatro días podré salir del hospital, y desde allí podré volver a

París con ustedes. Hay bastantes franceses que han regresado a Francia, desde Cracovia, Katowice y Gleiwitz.

En cuanto a ustedes, espero que estén sanos y de buen ánimo. No se me ocurre mucho más que decirles y les mando un fuerte abrazo a todos. Hasta pronto.

Dédel

PD: Les mando abrazos a los señores Krob y a Jacky.

En esta primera carta André no se atrevió a hablar de su hermano Guy, del que no tenía noticias desde que se separaron en Auschwitz. ¿Quizás esperaba que hubiera sobrevivido y que pudiera escribir por su cuenta?

La segunda carta se envía dos semanas después:

Gleiwitz, 30 de marzo de 1945

Querido papá, querida Renée, querida Celine:

Les envío esta pequeña nota para darles noticias de mi situación que es buena. Espero que hayan recibido mis últimas cartas y que estén al tanto de mi situación. En este momento estoy en Gleiwitz, en el instituto de la ciudad, convertido en hospital; aquí estoy bien, pero me gustaría volver a París con ustedes. Sé que es posible, muchos franceses ya han regresado a Francia. Para ello, tendría que hablar con un comandante o un capitán, pero no sé hablar ruso y tengo muchos problemas. Les hablaría en alemán, pero no lo entienden muy bien y yo tampoco; si hubiera podido hablar en ruso, quizá ya estaría en París; por eso estoy nervioso en este momento, por la noche sueño que estoy en el tren de vuelta. A pesar de todo, espero ir a Krakau o a Katowice a un centro de reunión de franceses y desde allí poder salir. Sin embargo, si no puedo volver ahora, estoy seguro de que volveré dentro de dos meses, es decir, al final de la guerra.

Ahora estoy completamente curado, y aquí estoy muy aburrido, sin tener a nadie con quien hablar, así que hay que tener paciencia. En cuanto a ustedes, ¿cómo están? Espero que todos gocen de buena salud. ¿Cómo está el tío Bernard, está trabajando? El tío Maurice, la tía Cécile, Nénette y R [...] ¿han vuelto a París? ¿La tía y la abuela Marie están trabajando?, ¿cómo está Monique? Ya debe ser una niña grande. De todos modos, háganme saber todas las novedades. ¿Cómo está París? Contéstenme, pero espero estar de vuelta antes de que llegue la respuesta.

No se me ocurre mucho más que decir y les doy un fuerte abrazo a todos, hasta pronto.

Dédel

P.D.: Mis recuerdos a los señores Krob, y a Jacky. Esta es mi dirección: Berkover André, Poliva Protchta no. 03218, Gleiwitz.

Desde Katowice, André fue llevado en tren a Odessa, donde llegó el primero de mayo de 1945. Pocos días después abordó un barco neozelandés que, tras una travesía de cinco días, lo llevó a Marsella.

Nada más desembarcar, envió un telegrama a su familia para informarles de su llegada. Era el 10 de mayo de 1945, el armisticio se había firmado dos días antes y la guerra había terminado. Esa noche subió a un tren que lo llevaría de regreso a París. André fue a casa de la señorita Debruyne, quien le informó que su hermana y su padre estaban a salvo. André llegó finalmente antes de las dos cartas que había escrito desde Katowice. Su hermano Guy no sobrevivió.

André Berkover falleció el 22 de agosto de 2018. Él mismo confió estas dos cartas al Memorial de la Shoah.[1]

MIREILLE MINCES

Mireille Rajchsglit nació el 25 de septiembre de 1904 en Varsovia. Casada con Bernard Minces, tuvo a la pequeña Yvonne, que nació en París en 1937. A partir de 1938 realizó numerosas visitas a la región de Sarthe, y fue en Saint-Léonard-des-Bois, un pequeño pueblo a unos sesenta kilómetros al norte de Le Mans, donde se instaló después de que detuvieran a su marido y lo internaran en el campo de Pithiviers el 14 de mayo de 1941. En Saint-Léonard trabajó como afanadora para el maestro del pueblo. Tres años más tarde, el 26 de enero de 1944, la detuvieron, junto con otros sesenta judíos, y la trasladaron al campo de Drancy. Unos días más tarde la deportaron en el convoy del 10 de febrero de 1944 al campo de Auschwitz-Birkenau. Sobrevivió al infierno del campo de concentración y escribió tres cartas a su familia en mayo de 1945. Repatriada a Francia el 24 de mayo, se reunió con su hija y su marido, que habían escapado del campo de Pithiviers el 6 de abril de 1942 y no habían sido deportados.

Mireille Minces murió en 1993.[2]

Minces Mireille
G.01668312
Campo de Belsen

Sra. Y. Foucher
Au camp de Pas
À St-Léonard-des-Bois Sarthe
(Francia)
28-4-45

Mis queridos:
Después de 14 meses, por fin me alegro de poder escribirles. Me encuentro bien de salud y estoy deseando volver, que, según dicen, será dentro de un mes. Me gustaría mucho saber si todos ustedes gozan de buena salud, ustedes mi querido Bernard, mi querida Simone y mi querido padre Foucher. Les envío mis mejores deseos. Muchas gracias a los señores Collet y Landais y a todos nuestros amigos.
De corazón, hasta pronto.
Mireille

1° de mayo [1945]

Mis queridos:
Aquí estoy después de casi 15 meses. Les escribo, queridos míos, y espero que cuando vuelva los encuentre con buena salud. Estoy bien, un poco cansada. Pero está bien, solo pensar que los veré pronto hace que mi corazón lata rápido. Piensa, querido, que tu hermano Henri está aquí a mi lado, vuelve a París mañana y te verá antes que yo (quizá) incluso esta semana. Te dirá que no me veo tan mal, que estoy bien. Cuando esté con ustedes, les contaré (lo que) he sufrido. Los abrazo con todo mi corazón. ¿Han recibido mi carta? ¿Cómo está mi querido padre Foucher, los dos Landais con su familia? ¿Mi querida hija ha hecho la primera comunión?, ya debe ser toda una *made-*

moiselle, ¿no? Y tú querido, nos vemos pronto en tus brazos, que deje fluir mis lágrimas, que [...] se ahogue

Se va mañana el querido Henri, si hubieras visto lo que me trajo de comer, para nosotros porque somos cinco camaradas, nos privaron de todo. Aquí estamos felices, ahora comemos bien. Pero como nuestros estómagos no están acostumbrados a las cosas buenas, todos nos enfermamos, pero no es grave. Vimos a la Cruz Roja, que estaremos bien, pronto. Henri descubrió que no estoy tan mal. Estoy perdiendo peso pero por [*ilegible*]. Pero la cara está bien, mil besos de mi parte para ti que es a quien más quiero en el mundo. Mucho amor para R [...] y Roger y su pequeño, y para todo St.-Léonard. ¿Cómo está Zelda? Saludos a los señores Simon y a su hija.

Con todo mi amor
Mireille, hasta pronto

Queridos todos:
2 de mayo
Aprovecho la ocasión para escribirles porque nuestros queridos soldados parten mañana hacia Francia, nada les gustaría más que llevarse nuestras cartas. Queridos míos, creo que pronto regresaremos a Francia, aún no sabemos la fecha exacta, pero seguramente será pronto. Mi queridísima pequeñita, tu tío me dijo que le escribiste que habías hecho la primera comunión. Me gustaría tanto estar en tu segunda comunión tal vez querida, nos vemos pronto mi muñeca, besa a tu querido papá de mi parte con todo mi corazón, así [como] a tu madrina y especialmente a tu padrino. Mi querido padre Foucher, dale un gran abrazo. Su querida madre y esposa.

Mis mejores deseos para los Landais.
Mireille

Sra. Foucher
Au champ de Pas
St-Léonard-des-Bois
Sarthe

JEAN GOTFRYD

Zelik, conocido como «Jean», Gotfryd nació el 21 de junio de 1923 en Varsovia. Cuando se declaró la guerra vivía en París, en el número 4 de la rue des Partants, en el distrito xx. Lo detuvieron e internaron en el campo de Drancy el 31 de mayo de 1944, lo deportaron un mes después al campo de Auschwitz en el convoy número 76, y pasó la selección para el trabajo. Se le destinó al campo de Monowitz hasta su liberación por el Ejército Rojo el 27 de enero de 1945. Trasladado a Katowice para recuperarse, fue repatriado vía Odessa y Marsella. Regresó a París el 12 de mayo de 1945.[3]

Jean Gotfryd falleció en julio de 2013.

> Jean Gotfryd
> Ubicado en el antiguo campo de Auschwitz Bloque 18
> Alta Silesia
>
> Para
> Familia Gotfryd
> Número 4 de la rue des Partants
> Distrito xx, París
>
> Auschwitz, 13 de febrero de 1945
> Querida madre, hermanos y hermanas:
> Le escribo estas pocas palabras con la esperanza de que les lleguen lo antes posible. También les escribo tan pronto como

puedo para que sepan que sigo vivo, para darles un poco de consuelo y para que tengan la paciencia de volver a verme pronto. Les puedo decir que fui liberado hace unos quince días por los rusos, ya soy libre, y me salvé del campo de concentración de Monovitz donde sufrí atrozmente, por fin he olvidado todo eso, lo principal es que salvé mi pellejo, estoy muy bien de salud y me estoy recuperando poco a poco del gran shock que sufrí en el campo de concentración. Actualmente me encuentro en Auschwitz en un centro de tránsito, las autoridades rusas me cuidan y me alimentan muy bien, ahora estoy esperando a que me dirijan a otros lugares, así como que me repatrien a Francia para ir a París. Espero volver a verlos pronto, espero que estén todos sanos y salvos.

P.D. No se me permite escribirles, pero hoy he llorado porque es el primer aniversario de la muerte de Victor, no lo he olvidado. Ahora que podamos comunicarnos, les escribiré en breve, y les daré más detalles más adelante. Espero que tengan la alegría de leerme pronto y que todos estén contentos de saber de mí y tengan la mayor alegría de volver a verme lo antes posible. Encontrarán al mismo Jean que les fue arrebatado tan horriblemente y separado de su familia, pero ahora he pagado bien mi deuda y tengo derecho a volver con mi familia que espero esté completa y sana. Espero que nada haya cambiado y que encuentre la casa como antes. Por hoy, termino mi carta con la esperanza de que les llegue lo antes posible. Les envío un fuerte abrazo, muchos besos para todos de parte de su Jean que no los ha olvidado y piensa en ustedes, y que los volverá a ver pronto. Muchos besos de mi parte a todos, y a Germaine si me ha esperado. Muchos besos para todos mis amigos, y díganles a todos que nos vemos muy pronto. Suyo Jean Gotfryd.

Familia Gotfryd
Número 4 de la rue des Partants
Distrito xx, París
Francia

Remitente
Jean Gotfryd
Campus de los franceses
Katowice, Alta Silesia
(Polonia)

Miércoles, 11 de abril de 1945, desde Katowice
Querida madre, hermanos y hermanas:
Espero que mis cartas les hayan llegado, sería una alegría para mí saber que han recibido noticias mías, ya que yo no puedo recibir ninguna de ustedes. Puedo imaginar la gran alegría y felicidad que sienten al recibir mis cartas, pues hoy es la tercera vez que les envío estas pocas palabras. Espero que hayan mantenido la esperanza de volver a verme algún día, ya que yo siempre he mantenido un buen ánimo y he conservado todo mi valor a pesar de días muy dolorosos en un infierno inimaginable donde los hombres caían como insectos. Por cierto, es probable que ya sepan por la propaganda mundial lo que eran los campos de concentración alemanes de Auschwitz, Birkenau, Monovitz, etc., y el triste destino que se sufría allí, ahora «alabado sea Dios» me salvé como tantos otros, y les debo mi vida a los soldados rusos por un extraordinario milagro. Por desgracia, no todos mis camaradas tendrán esta oportunidad de regresar un día a sus hogares, habiendo sufrido el destino más abominable de la cobardía alemana. Ahora que tengo la libertad y el sol que me corresponde como a los demás, pongo un velo sobre estos tristes recuerdos que nunca se borrarán.

Lo principal es que estoy sano y salvo, con una salud esplendorosa, porque estoy bien alimentado y bien alojado, estamos en un cuartel escuela, es decir que llevo la vida de un soldado, en cuanto al trabajo, no trabajamos, excepcionalmente para las tareas del campo, y de vez en cuando nos contratan los rusos para ayudarles en diferentes trabajos, y nos tratan bien.

Lo más importante para mí ahora es el momento en que por fin me trasladen a Francia, a todos los que me son muy queridos, lo cual espero que sea muy pronto. Cuento con que, a más tardar en junio, podré volver a verlos a todos.

Espero que no haya ocurrido nada grave en casa durante mi larga ausencia, es decir, desde el 31 de mayo del año pasado, y que mi querida madre no haya sufrido demasiado por mi ausencia, pues sé, madrecita, que estás muy cargada de bilis, y en el estado de salud [en el que estabas cuando] me fui no podías mejorar nada.

Seguramente habrás oído, como yo, en la radio que los transportes de prisioneros de guerra y deportados han regresado a Francia vía Odessa, así que puedes ver que mi regreso está cerca. Sé que encontraré grandes cambios a mi regreso, en cuanto a mí no me encontrarás cambiado, siempre igual porque me he recuperado muy bien desde que los rusos me liberaron. La vida que llevo en Katowice no es demasiado desagradable, pero sí un poco monótona porque no tenemos trabajo; no estoy solo, hay 800 hombres en las barracas, todos de Francia, presos políticos, trabajadores libres reclutados, prisioneros de guerra y el resto de los judíos supervivientes como yo, todos mezclados y todos en el mismo barco. ¡Ya he ido tres veces al cine para entretenerme, vi *Feu!** con Francen y Feuillère en francés, *Guingadir*** en inglés y una película polaca, de vez en cuando, también voy al café, pero se necesitan muchos eslotis*** para ir a estos sitios, y no tengo mucho, solo lo suficiente para ir al cine, que cuesta cinco eslotis, y para com-

---

* Película de Jacques de Baroncelli, estrenada en 1937, con Victor Francen y Edwige Feuillère en los papeles principales.
** No sabemos de qué película se trata.
*** Eslotis (zlotys): moneda de Polonia. [*N. de la t.*].

prarme algunas cosas, sobre todo papel de fumar y cosas por el estilo, porque conseguimos tabaco ruso o polaco casi todo lo que queremos y gratis; por fortuna, el alojamiento y la comida son gratuitos también para nosotros los franceses, en cuanto a la lavandería, la hacemos nosotros mismos, así pasamos el tiempo, me recuerda exactamente la vida que llevábamos durante el éxodo en 1940. Estaba con Robert Wais [Waitz].

Espero que mi carta los encuentre bien a todos, terminaré mi pequeña carta con un gran abrazo a todos.

Me gustaría enviar mis mejores deseos y besos a todos, padres y amigos que no me han olvidado.

Jean Gotfryd

P.D. Lo que más lamento es no haber podido visitar las tumbas de mi querido hermano y de mi padre, como hago todos los años, han pasado el 13 de febrero y el 6 de abril, Dios me perdonará, los días, los meses, los años pasan, pero el recuerdo permanece.

Katowice, 12 de marzo de 1945

Querida madre, hermanos y hermanas:

Les escribí el mes pasado, pero no sé si mi carta les llegó. Por eso me dirijo a ustedes hoy para recordarles que desde el 27 de enero soy un hombre libre, liberado de las manos de los alemanes por el Ejército Rojo. Ahora me encuentro en perfecto estado de salud y me estoy recuperando poco a poco de los sufrimientos que experimenté en el campo de concentración de Monovitz [...].

Ahora espero con impaciencia el momento de ser repatriado a Francia, es decir, con todos ustedes que me son tan queridos; espero que la partida a Francia se produzca pronto, donde podré tenerlos en mis brazos y consolarme de todas mis miserias. Espero que el tiempo no los haya cambiado demasiado, y que no encuentre ningún trastorno en casa.

Qué más puedo escribirles, sino que espero que estén todos tan sanos como cuando los dejé, pero por supuesto ¿mi querida madrecita está bien? Ahora sé fuerte y paciente, y espera mi pronto regreso a ti, porque yo también lo soy. Me reservo todos mis recuerdos, memorias y pensamientos tristes para después. Los dejo por hoy con la esperanza de que mi carta llegue a su destino. Les envío a todos mis más cálidos besos. Su Jean, que no los ha olvidado ni un momento, incluso en los momentos más dolorosos. No puedo contarles mi triste odisea, sería demasiado largo. A todos ustedes, compañeros, amigos y familiares. Les digo a todos que nos vemos muy pronto.

Jean Gotfryd

SIMONE HAAS

Simone Lévy nació el 11 de mayo de 1903 en Saint-Denis, en el seno de una familia poco religiosa, originaria de Alsacia-Lorena. Casada con Maurice-Moïse Haas, tuvo dos hijas, Michèle, que nació el 5 de julio de 1930, y Catherine, que nació el 24 de enero de 1944.

Las dos niñas fueron llevadas por su padre al campo el 17 de febrero de 1944, donde pasaron el final de la guerra a salvo. Sus padres no tuvieron tanta suerte. Poco después, Maurice-Moïse Haas fue detenido junto con su esposa, y a ambos los deportaron a Auschwitz el 20 de mayo de 1944 en el convoy número 74.

Según el testimonio de un compañero deportado, Maurice-Moïse fue fusilado el 25 de enero de 1945 durante las marchas de la muerte en Rybnik, a 80 km de Auschwitz.

Enferma de tifus, con un peso de apenas 32 kg, la salud de Simone era tan mala que las ss que salieron de Birkenau ni siquiera se molestaron en acabar con ella. Liberada por los rusos cuando llegaron a Auschwitz, escribió dos cartas a Michèle, su hija mayor.

Regresó a Francia en junio de 1945 y al mes siguiente encontró a sus hijas en Cormes, un pequeño pueblo cerca de La Ferté-Bernard en la Sarthe. Murió a la edad de 87 años el 2 de marzo de 1990.[4]

[24 de febrero de 1945]
HAAS
A5510 Bloque 25
Auschwitz, Polonia, Alta Silesia

Michèle querida:
Espero que mis tres cartas te hayan llegado ya, pues yo también espero tener noticias tuyas. ¿Qué estás haciendo? ¿Dónde estás? ¿Dónde vas a estudiar? ¿Sigues estudiando latín? ¿Y el piano? Y háblame mucho de Cathou para que no sea una desconocida cuando vuelva. Me va muy bien. Perdí quince kilos. Nos daban de comer tres cuartos de litro de sopa al día, sobre todo de colinabo, y doscientos gramos de pan al día. A menudo tenía hambre. Tenía que ir a la basura a buscar hojas de col y papas viejas y trabajé mucho. Me alegro de que mis miserias hayan terminado, ¡las extraño mucho! Pero hay que tener paciencia.

Espero verte pronto, mi querida muñeca, y te beso con todas mis fuerzas.

Cariños a Isabelle y un gran abrazo a Cathou.

[7 de abril de 1945]
Mi querida Michèle:
Espero que hayas recibido al menos algunas de mis cartas. Todavía estoy en Katowice esperando la repatriación. ¡Cuánto tarda! No puedo esperar a tenerlas entre mis brazos, queridas. Para distraerme me paso el día pelando papas, como voluntaria, por cierto, porque estamos admirablemente alimentados y eso me mantiene ocupada. Llevo pantalones de golf, que me quedan grandes, y están a punto de romperse porque he engordado mucho, también tejo para ganar unos centavos para comprar azúcar [o] margarina. Dile a Isabelle que me he olvidado completamente del bridge, ya no tengo ni idea. De vez en

cuando juego una partida ordinaria de belote. Una vida muy monótona en definitiva. Somos siete en una habitación y las otras seis jóvenes hacen mucho ruido a mi alrededor. Así que, querida, puede que mi carta no tenga continuidad. Nos vemos pronto, espero. Te beso con todas mis fuerzas. Un saludo a Isabelle y quizá a Roger.

YVONNE LÉVY

Yvonne Meyer nació el 16 de enero de 1903 en París. Casada con Marcel, tuvo dos hijos, Alain y Bertrand. Detenidos en Niza, donde se habían refugiado, Yvonne y Marcel fueron trasladados a Drancy el 10 de mayo de 1944. Diez días después los deportaron en el convoy número 74. Cuando bajaron del tren en Auschwitz el 23 de mayo la pareja se despidió de forma «rápida y definitiva».

En sus cartas, pero también en sus notas escritas en el *revier* (hospital) de Auschwitz, Yvonne da testimonio de los nueve meses que pasó en el infierno de Birkenau, poco después de que el Ejército Rojo liberara el campo en enero de 1945. Una vez liberada, no volvió a ver a su marido y más tarde supo que lo habían evacuado a Alemania en enero de 1945, durante el avance del ejército soviético, y que probablemente había muerto durante una de las interminables y mortales marchas.

A su regreso a Francia, el 11 de mayo de 1945 Yvonne encontró a sus dos hijos que, por su parte, habían entrado en la Resistencia.

Murió en 2003, a los 101 años.[5]

Martes 12 de febrero de 1945

Yvonne Lévy 55 35
Revir12-Auschwitz
Alta Silesia
Polonia

Respuesta aleatoria (preguntar por la Cruz Roja, insistir)
Enviada por correo hoy desde AUSCHWITZ, me entero de que tengo derecho a escribir esta carta hecha antes, se las envío con alegría en mi corazón.

Mis queridos hijos:

¿Llegarán estas palabras hasta ustedes? Las recibirán pronto o después de la guerra, no lo sé. Será un milagro, pero el primer milagro es que siga viva después del infierno que acabo de pasar.

Espero con toda mi alma volver a verlos porque creo que llegaré hasta el final. En cualquier caso, si ocurriera lo contrario, me gustaría que supieran un poco de lo que ha pasado aquí.

Es obvio que la primera de mis más profundas penas fue, y es, no saber nada de ustedes, de mamá y de Colette. ¿Dónde están? ¿Qué están haciendo? ¿Qué les hicieron? Cada hora les daba vueltas a estas preguntas sin respuesta.

Les diré de inmediato lo que sé de su padre, y lamentablemente será muy poco. Cuando bajamos del tren (el 23 de mayo), de inmediato nos separaron y no volvimos a vernos. A pesar de todas las prohibiciones, el 15 de agosto recibí una nota suya en la que me decía que estaba en un campo a unos 4 km del mío y que, aunque un poco delgado, estaba bien. Hace muy poco, me acabo de enterar de que lo habían operado de apendicitis en diciembre, y que había salido bien.

Finalmente, esta semana me enteré de que lo habían transportado a Alemania en enero durante el avance ruso. Y eso es todo; tal vez tengan noticias de él antes que yo, y eso sería el segundo milagro.

La vida de las mujeres era peor que la de los hombres; les daré algunos detalles porque, si no vuelvo, quiero que sepan que nunca se exagerarán las acciones represivas y vengativas contra los que inventaron este campo. Ciertamente, solo mi presencia podría darles una idea exacta, porque, aparte de mi cambiada apariencia física, no se me acabará la información en el transcurso de los días que les ilustraría sobre la vida en Birkenau.

Levantarse a las 3:30 de la madrugada en verano (de abril a noviembre) y luego salir (todavía oscuro) para una formación a las 4 de la madrugada; esta última, relativamente corta, de 45 minutos a una hora, sigue siendo una tortura porque la inmovilidad total a esa hora es más que congelante. De allí golpes o cinturonazos cuando la alineación no era perfecta o cuando estábamos hablando. Al llevar puesto un vestido de cretona, tiritábamos una barbaridad, ya que no se permitía el uso de lana ni de chaquetas o suplementos. A trabajar: manejé la pala, el pico, cargué cemento, hice de albañil, y la lista continúa.

No voy a dar aquí los detalles de los días, me gustaría tanto hacerlo yo misma.

De entre todas las humillaciones, los golpes querían llevarnos con rapidez al embrutecimiento. Las condiciones materiales también fueron muy duras porque el frío diezmó a muchos y por los bronquios y por la diarrea. Esta última me afectó muy pronto, pero, aunque la sigo sufriendo, no sucumbí a ella. Las quemaduras solares del verano, las congelaciones del invierno en organismos privados de grasas, vitaminas, etc., eran la segunda causa de muerte.

También les hablaré de las selecciones y de los pasos por el crematorio. Es un hecho, deberían saberlo. No quería creerlo, pero las desapariciones masivas sumadas a un horno que ardía continuamente nos obligaron a darnos cuenta de ello.

Me libré de que me enviaran a Alemania porque las quemaduras en las piernas me habían llevado al hospital. Hubo muchas salidas en los últimos días, pero aguanté porque sentí que los rusos se acercaban. Luego, un buen día, los carceleros nos abandonaron y dos noches después vimos llegar a los ejércitos rusos para nuestra gran alegría.

Todavía no sé qué harán con nosotros: el clima sigue siendo el mismo, el país sigue siendo terrible, ¡pero somos libres! No se puede apreciar lo suficiente lo que significa ser libre y poder comer cuando se tiene hambre y cubrirse cuando se tiene frío.

Mi mente vacila cuando pienso en ustedes: ¿están internados? ¿Viven con mamá? ¿En París, en Brive?

Sueño que un día los tendré entre mis brazos y reiremos y lloraremos juntos, que serán altos, hermosos, que trabajarán (hará falta) y que haremos planes de futuro juntos.

Díganle a Mimi que compito con ella por las noches de insomnio y que durante todas esas horas no dejé de pensar en ustedes cuatro. ¿Hasta cuándo? Ahora estoy segura de que vendrán a esperarme en el andén de una estación, si no, sabrán que los quiero fuertes, sanos, honestos y listos para vengarse de los que los dejaron huérfanos.

Los adoro.

Su madre

JEANNE GEISMAR

Jeanne Wolff nació el 6 de diciembre de 1906 en París. Se casó con Gaston Schwab y tuvieron dos hijas: Nicole, nacida el 1º de octubre de 1930, y Françoise, nacida el 5 de enero de 1932. La familia vivía en Colmar, en el Alto Rin. El padre de Jeanne, Achille Wolff, vivía con la familia. Gaston era un comerciante de ganado, pero murió en 1933. Durante la Segunda Guerra Mundial la familia se refugió en Vittel y luego en Limoges hasta 1941. A continuación se dirigieron a Eymoutiers, en el Alto Vienne, donde encontraron alojamiento y una escuela para las dos niñas. En 1943 ingresaron a las niñas como internas en la moderna escuela femenina de Saint-Léonard-de-Noblat, donde se ocultaron con la ayuda de la directora Germaine Lalo, quien fue nombrada Justa entre las Naciones en 1994.

A finales de 1943, principios de 1944, Jeanne contrajo nuevas nupcias con Lucien Geismar, pero en abril de 1944 la joven pareja fue detenida. Los deportaron a Auschwitz en el convoy número 72. Solo Jeanne sobrevivió a los campos de la muerte.[6]

Tras su liberación, Jeanne pudo enviar varias cartas a su familia.

Carta enviada por el gobierno provisional de la República Polaca, delegación en Francia el 30 de marzo de 1945, al señor L. Geismar, avenue du Maréchal-Foch en Eymoutiers.

Señor:
La delegación del Gobierno Provisional de la República Polaca se apresura a transmitirle con la mayor alegría una carta de la señora Jeanne Geismar, liberada del campo de Auschwitz. Le ruego que acepte, señor, nuestra más sincera solidaridad.
Carta de Jeanne Geismar núm. 80596
Bloque 16, campo de Auschwitz, Alta Silesia (Polonia) del 13/02/1945 dirigida a

Mis queridos padres y Mariette:
Qué alegría poder escribirles por fin después de tantos meses de separación.

El 28 de enero fuimos por fin liberados por nuestros amigos del Ejército Rojo, y desde entonces nos han tratado y alimentado bien, y parece extraordinario haber salido de este infierno.

Hace tres días tuve por fin noticias de los queridos Lucien y Sylvain, a través de unos amigos suyos, y ambos están en excelente estado. Esperemos que muy pronto tengamos el placer indescriptible de volver a estar juntos, y pienso recuperar el tiempo perdido con mis seres queridos. Es un verdadero milagro estar todavía entre los vivos, pues por desgracia faltan familiares, amigos y conocidos tras los sufrimientos pasados. También les escribí a los «Neuville» para avisarles en caso de que ustedes ya no vivan en la misma dirección y espero que esta carta les llegue. Y ustedes, mis queridos padres y Mariette, ¿cómo han estado desde esta larga separación? Ni por un segundo he dejado de pensar en mis dos queridos, y en cómo anhelo abrazarlos y besarlos, y a menudo me he preguntado dónde podrían estar. Espero que esta pesadilla llegue pronto a su fin y, hasta que llegue la alegría de abrazarlos de verdad, les envío a los tres mis más queridos y afectuosos besos. Su querida hija y hermana.

    Jeanne

Auschwitz, 22.3.45

Queridos todos,
Y especialmente mis dos queridos:

Espero que, de entre todas las cartas enviadas, al menos una les haya llegado, porque desde el 27 de enero, día de nuestra liberación por nuestros amigos rusos, hemos podido darles noticias. Es una alegría incomparable para mí poder escribirles que sigo viva, y espero que los queridos Lucien y Sylvain también sigan vivos. Tuve noticias de ellos en febrero, pero, por desgracia, nada desde entonces. Tal vez podamos reunirnos pronto, estoy tan ansiosa por volver a estar con mi familia y poder besar a mis dos muñecas. Esta separación es muy dura, pero debemos tener un poco más de paciencia. Estamos vivos y eso es lo principal para nosotros. Hemos sufrido mucho, pero solo queremos pensar en ello para vengarnos. Somos un pequeño grupo de buenos amigos, entre los que se encuentra Paul Cerf, de Saint-Avold, y trabajamos como médicos o enfermeros (yo estoy en el segundo grupo). Pero nos gustaría descansar porque estamos cansados tanto espiritual como físicamente. Cuántas veces en el pensamiento, queridos grandes y pequeños, he estado cerca de ustedes, y desearía tener alas para unirme con ustedes. Sufro por no poder localizar a mis dos queridas, pero espero que estén bien de salud y que den muchas satisfacciones a su alrededor. Denles un gran beso de mi parte hasta que pueda hacerlo yo misma y den noticias mías a las familias Schwab y Weill, Geismar y Wolff, y reciban todos los besos más afectuosos de su hermana, tía, sobrina y prima que piensa en ustedes muy a menudo.

Jane Geismar 80596
Bloque 16
Campo de Auschwitz, Alta Silesia, Polonia

HIRSCH ABEL

Hirsch nació el 5 de febrero de 1894 en Rusia. Llegó a Francia y trabajó como conductor.
Lo deportaron el 11 de agosto de 1944 en el único convoy que salía directamente de Lyon.
Liberado del campo de Auschwitz el 27 de enero de 1945, lo repatriaron en avión, vía Praga, a Le Bourget el 21 de julio de 1945.
Hirsch Abel murió el 15 de enero de 1989 en Pantin.[7]

Carta de Hirsch Abel, Bloque 22, Konzentration lager, Auschwitz, Polonia, a los señores Truchet, en el número 3 de la place de la Villette, Lyon (Ródano).

Auschwitz, 5 de julio de 1945

Mis queridos amigos:
Por fin puedo darles noticias.
Aprovecho que una comisión francesa ha venido a visitarnos. Transportarán esta carta a Francia en avión desde Praga hasta París, y luego por la ruta normal. Porque el servicio sigue siendo muy malo.
Ya les he escrito dos veces, espero que hayan recibido mis cartas.
Tengo muy buena salud y los rusos me cuidan como a sus propios hijos. No saben qué más hacer por nosotros. La desgracia es que no hablamos su idioma, cuando nos hablan, no

les entendemos, se ríen como niños, son unos camaradas encantadores.

El 4 de agosto me detuvo el buen PPF* y me pusieron en manos de la policía boche. Me interrogaron, pero conmigo no pudieron saber nada de nada. Les dije que había estado en Lyon durante dos días, me dijeron que no era cierto y me maltrataron.

Pero eso es el pasado, esto era un modelo de campo de exterminio de hombres, pero ahora son ellos los que están detrás de la alambrada y eso es justicia.

Mis queridos amigos, creo que dentro de quince días estaré de vuelta en Francia. Ha llevado mucho tiempo organizarlo, pero ya será la tercera comisión en tres semanas.

Queridos amigos, si ven al señor B [...] díganle a él y a su mujer que tengo buenas intenciones. Den noticias mías a [...], al frutero.

No puedo escribir a todos por correo, el correo es muy malo.

Tengo una oportunidad, la aprovecho, pero estoy limitado, con la de ustedes ya son cuatro cartas, no quiero abusar.

Los abrazo a ustedes y a todos los amigos y conocidos de Lyon y espero verlos pronto.

Abel

---

* El PPF, Partido Popular Francés, era uno de los principales partidos fascistas, dirigido por Jacques Doriot, que defendía una política de colaboración total con Alemania. Muchos activistas del PPF eran también miembros de la Milicia, trabajaban para el SD (*Sicherheitsdienst*: servicio de seguridad del *Reichsfuhrer* SS) y se distinguían por su celo en la persecución de judíos y combatientes de la Resistencia.

JACQUES RUFF

Jacques Ruff nació el 10 de septiembre de 1895 en Verdún, en el Mosa. Era marido de Céline Jaroslavitzer, que tenía un hijo de un primer matrimonio, Robert.

Durante la Ocupación trabajó como contable en las *Messageries Hachette** de Clermont-Ferrand y vivió en el 13 de la rue Terrasse. Detenido en la capital de Auvernia el 10 de agosto de 1944, fue deportado el 17 de agosto en el convoy número 82, que salió de Clermont-Ferrand directamente hacia el campo de Auschwitz, donde su número de registro fue el 195 492.

Liberado el 27 de enero de 1945 por el ejército soviético, fue repatriado a Francia el 10 de mayo, y al día siguiente se encontraba en Saint-Junien, en el Alto Vienne, cerca de Limoges, donde su esposa y su hijastro habían encontrado refugio, probablemente con la familia de Céline.

Jacques Ruff murió el 12 de mayo de 1989 en Nogent-sur-Marne, Val-de-Marne, a la edad de 94 años.[8]

---

* *Messageries Hachette*, empresa fundada en 1897 por los herederos de Louis Hachette, era una organización francesa de distribución de impresos cuya función original era entregar medios impresos, pero también libros, en un territorio determinado a través de puntos de venta. La empresa cerró sus puertas en 1945. [N. de la t.].

Auschwitz, 18 de febrero de 1945
(Domingo 14 horas)
Mi querida Céline:
Todavía en el mismo lugar, y Dios mío, me gustaría que me dijeran que nos van a repatriar. Por tu parte, mueve cielo y tierra, para que volvamos a Francia más rápidamente, porque parece mucho tiempo estar lejos de todos ustedes.

Hoy es domingo, y caramba, estoy cerca de una gran estufa, calentando mi espalda mientras les escribo (a ti y a mi querido Robert).

¡Estoy deseando nuestro encuentro definitivo! ¿Tienes buenas noticias sobre mamá, mi querida Céline?

Ahora comemos bien, pero el estómago está muy delicado después de haber pasado hambre, y a fe mía que estoy comiendo muy despacio, pero ¿qué día comeré buena comida? Solo Dios lo sabe.

Hasta ahora me ha protegido la providencia, y espero que siga así. Y tú, querida, ¿cómo está tu salud? ¿Y la de nuestro querido Robert? Y Berthe, Jeanne y compañía ¿cómo están? ¡Y Albert y Bernard!

Aquí hace bastante frío, pues estamos en la antigua Polonia, pero nuestra liberación por parte de nuestros amigos rusos nos hace soportar este clima nevado y frío a pesar de todo.

Mi Céline, a ti y a mi querido Robert un gran abrazo, y reciban mis mejores y más tiernos besos.

Tu querido Jacques.

J. Ruff, Bloque 18
Auschwitz, Alta Silesia

Sra. J. Ruff
2 de la rue Boileau
Saint-Junien
(Alto Vienne)
Francia

Campo de Auschwitz, 24 de febrero de 1945
(Alta Silesia) (sábado)

Mi querida Céline:
El tiempo es terrible hoy, llueve a cántaros y estoy un poco decaído, porque sigo pensando en mi repatriación y no se acerca. Hace ya cuatro semanas que nos liberaron nuestros queridos amigos y aliados rusos.

Anoche fue el aniversario (vigésimo séptimo) de la formación del ejército soviético, y fui a un concierto (desde las 20 h hasta las 24 h), y hubo discursos en ruso, francés, húngaro, checo, neerlandés y alemán, y luego un hermoso concierto con franceses, rusos, húngaros (bueno, de todas las nacionalidades), y eso nos alegró y nos levantó el ánimo, pero si nos anunciaran nuestro regreso a Francia, sería un sueño. Si tan solo por Pascua pudiéramos volver a ver la costa de nuestra hermosa Francia.

Aparte de eso, la vida sigue igual, y me atrevo a creer que has recibido noticias mías (pues mi primera carta desde mi liberación fue del 14 de febrero).

¿Cómo está tu salud, mi querida Céline? ¿Y la de mi querido Robert? Yo estoy bien. Y mi madre, ¿cómo está?

Te mando tantos besos como te quiero —lejos en kilómetros, por desgracia—, pero muy cerca en espíritu, y quizá tenga el placer de leerte pronto. Miles de besos para nuestro querido Robert, para Berthe, Albert y Bernard.

Tu querido Jacques que piensa mucho en ti.

J. Ruff, campo de Auschwitz-Bloque 18 (Alta Silesia)

Campo de Auschwitz (Alta Silesia)
27 de febrero de 1945

Mi querida Céline:

Todavía en el campamento, y caramba, empieza a ser largo porque no se sabe nada de la repatriación. Creo que nos están olvidando.

Soy «jefe de personal de la ambulancia» y estoy haciendo mi trabajo con celo y dedicación, y estoy comiendo un poco más que en el bloque. En general, todo está bien, la comida es buena, pero no es tan buena como tu buena cocina. ¿Cuándo me alegraré de volver a estar entre ustedes?

Aquí nieva ¿y en St-Junien?

¿Sabes algo de mamá?

¿Cómo está tu salud, mi querida Céline?

¿Y la de nuestro querido Robert?

Si tan solo pudiera saber de ti, seguro que sería feliz.

Te mando un gran abrazo, mi querida Céline, en este día de Purim,* a ti y a nuestro Robert, sin olvidar a Berthe, Albert y Bernard.

Tu querido Jacques que piensa mucho en ti.

J. Ruff
Campo de Auschwitz
Bloque 18
Alta Silesia

---

* Purim, o «Fiesta de la suerte», es una fiesta de origen bíblico que celebra la milagrosa liberación de los judíos, gracias a la intervención de Esther, de una masacre a gran escala planeada por Amán, un favorito del gobernante persa Jerjes I, en todo el Imperio. La fecha de Purim es el día 13 del mes 12 del calendario judío, es decir, el mes de Adar, entre febrero y marzo del calendario cristiano.

Campo de Auschwitz, 2 de marzo de 1945
Mi querida Céline:
Todavía en el mismo lugar y la repatriación no se hace rápidamente, empiezo a sentir que está tardando mucho, y no soy el único, porque todos los franceses son como yo y nos gustaría ver las costas de Francia lo antes posible.

¿Qué tiempo hace en St-Junien? Aquí, nieva, llueve y hace frío. Es un poco como el tiempo en Clermont-Ferrand.

Me pregunto si estaré en St-Junien o en París para la Pascua, porque tengo muchas ganas de verte a ti y a mi querido Robert.

La salud es buena. ¡Y tú, querida!

¿Tienes buenas noticias de mamá, Francette y Camille?

Escribí a Limoges, a Enghien, sin saber si Gaston sigue en esa primera ciudad o si ha vuelto a Enghien.

¿Cómo están Berthe, Albert y Bernard?

¿Y nuestra gente que estaba en St-Étienne?

Aparte de eso, no se me ocurre nada especial que decirte, salvo que los extraño a todos.

Mil besos, los más cariñosos y numerosos, para ti y nuestro querido Robert, y que te abracen muy fuerte como yo te quiero.

Tu querido Jacques, que piensa mucho en ti, a 1 500 kilómetros de distancia, pero tan cerca en espíritu.

J. Ruff
Campo de Auschwitz
Bloque 18
Alta Silesia

Katowice, 12 de marzo de 1945
(Lunes)

Mi querida Céline:

Tal vez te sorprenda mi silencio, pero desde hace diez días salimos de Auschwitz y nos acercamos a 40 km de esta ciudad, con el fin de reagruparnos para la repatriación.

Ah, el tiempo parece tan largo. Todos los días pensamos que nos vamos por Odessa, pero, como la hermana Anne, no vemos nada. Con paciencia se puede conseguir cualquier cosa, pero la nostalgia empieza a hacerse notar, y debo confesar que estoy deseando volver a verlos pronto a ti y a mi querido Robert.

¿Estás en contacto con Messageries Hachette? ¿La empresa ha hecho algo por mí y por ti?

¿Tienes buenas noticias sobre mamá y toda la familia? Mi salud es buena, ¿y tú, querida? ¿Y mi querido Robert? ¿Qué hace de bueno?

Te hago un montón de preguntas que no podrás responder, porque quizá ya haya dejado Katowice para volver a casa.

Esta tarde, con un camarada que estaba en mi transporte desde Clermont-Ferrand, salimos a la ciudad y la visitamos. Es una gran ciudad con ciento veinte mil habitantes. Hay tranvías eléctricos. Pero como no tenemos dinero en el bolsillo (ni siquiera dos monedas), no podemos ir a ningún sitio, porque hay cafés.

Incluso para escribir, se necesitan dos eslotis porque la carta tiene que enviarse por avión. Tal vez algún compañero nos preste esta cantidad para que puedas tener noticias mías.

Aparte de eso, nada nuevo. No te preocupes si por casualidad estuviste unas semanas sin noticias mías. Tal vez estemos en el camino de vuelta, que creo que será bastante largo.

Miles de besos, mi querida Céline, para ti y mi amado Robert, y un gran beso de tu devoto esposo que piensa mucho en ti.

Tu querido Jacques
J. Ruff
Campo civil francés
Katowice (Alta Silesia)

Katowice, 10 de abril de 1945
Martes
Mi querida Céline:
¿Tienes noticias mías desde mi primera carta desde Auschwitz el 14 de febrero?

Estoy esperando una respuesta por tu parte, pero creo que el correo tardará mucho en llegar.

Si puedes y si es posible, envíame, mi querida Céline, un paquete y algo de dinero, ¡porque creo que aún tenemos para rato!

Tenía la esperanza de que me repatriaran, pero creo que hay que esperar hasta el final de la guerra.

Fíjate que la noticia es excelente, pero no solo hay deportados civiles, también hay prisioneros de guerra y, madre mía, creo que la repatriación será bastante larga.

¿Qué está haciendo mi querido Robert?

¿Y tú, mi Céline?

¿Estás bien de salud?

Estoy bien, pero tengo ganas de descansar bien en casa [lo que] me hará mucho bien.

¿Qué bien hacen mamá y la familia?

Aquí, el tiempo es magnífico, pero bastante frío ¿y en St-Junien?

Todos los días voy a la cocina a pelar papas y, vaya si comemos bien, y luego la felicidad de ser libre, también se siente bien.

Podemos dar gracias a Dios de que nos hayan liberado nuestros grandes amigos rusos, y esto nunca lo olvidaré.

El domingo por la noche tuvimos un concierto y un baile. Te diré que yo no bailé, pero los compañeros hicieron lo posible por entretenernos.

Estoy deseando volver a Francia, aunque estamos bastante bien, ¡pero no es tan bueno como estar en casa!

Mi querida Céline, te mando un gran abrazo, así como a mi querido Robert, sin olvidar a Albert, Berthe y Bernard, y recibe mis mejores, mis más dulces, mis más tiernos besos.

Tu querido Jacques, que espera unas líneas tuyas, y que está lejos en la distancia, pero cerca en el corazón.

J. Ruff
Campos civiles franceses
Katowice
Alta Silesia

Katowice, 12 de abril de 1945
Jueves
(11 h)
Mi querida Céline:
Aprovecho la amabilidad de un camarada que me ha adelantado dos eslotis para que pueda volver a escribirte.

Ya ves mi pobreza, y Dios mío, te aseguro que me gustaría volver a la vida normal, porque sin un centavo uno es muy infeliz.

Aquí, el clima es magnífico, ¿y en St-Junien?

No puedo esperar a la repatriación. Lo cual no parece que vaya a ocurrir rápidamente, a pesar de que la guerra parece que va a terminar pronto.

Tenemos los comunicados oficiales todos los días, y me alegro de que todo vaya bien (para nuestros amigos rusos, estadounidenses y británicos) y para nuestros soldados.

Hoy hay cine gratis y espero ir más tarde. Es en la ciudad donde vamos a ver una película

¿Robert sigue estudiando?

¡Debe haber crecido mucho, nuestro querido hijo!

¿Y Bernard ha crecido?

¿Cómo está mamá y toda la familia?

Escribo mucho, pero me gustaría tener una respuesta: para los envíos, el correo parece funcionar bastante bien, pero, para recibir cartas, es otra cosa, y sin embargo mi ánimo sería excelente si tuviera noticias tuyas.

Espero en Dios que uno de estos días tenga la alegría de leerte, mientras espero la felicidad de volver a verte. ¡Pero cuándo!

Me acompañan mujeres y hombres del Mosa y, por supuesto, nos encanta hablar de Verdún, Bar-le-Duc, Saint-Mihiel y Étain.

No vi al doctor Lévy que trató a Robert en Limoges. Me pregunto qué le habrá pasado.

Aparte de eso, todo está bien.

La libertad es algo bueno, pero me gustaría estar entre ustedes, en primer lugar, para estar contigo, querida, y con mi Robert, y luego para descansar, porque hace ya nueve meses que dejé Clermont-Ferrand.

Miles de besos, mi querida Céline, y espero que esta carta te llegue pronto; tu querido Jacques te besa y desde aquí piensa mucho en ti.

Mis mejores deseos para mis queridos Robert, Bernard, Albert y Berthe.

CONCLUSIÓN

El recorrido de los 22 autores que se presentan en este libro ha permitido arrojar luz sobre una parte poco conocida de la historia de la Shoah. Aunque ya se ha mencionado en varias publicaciones dedicadas en particular a la filatelia, la operación *Brief-Aktion* está ahora mejor documentada, al menos en lo que respecta a su gestión cuando llegó a Francia. Sin embargo, todavía es necesario investigar para determinar con precisión cuándo y quién decidió e implementó la operación.

El único documento identificado que menciona claramente la *Brief-Aktion*, emitida por la RSHA, es una solicitud de asignación de gasolina para el SS Hartenberger, cuyo asunto es «Briefaktion des RSHA» (véase página XVI del encarte). Esta petición se justifica con la ruta declarada: Birkenau, Jawischowitz y Monowitz. El documento está fechado en enero de 1944, periodo en el que la *Brief-Aktion* seguía vigente.

En su estudio, Julien Lajournade parte de la base de que los oficiales de las SS recorrían los kommandos que dependían del campo de Auschwitz para recoger las cartas que se les había obligado a escribir a los prisioneros judíos. Aunque esta hipótesis parece probable, es necesario seguir investigando.

Todos los documentos presentados en este libro se conservan en los archivos del Memorial de la Shoah. Se eligieron porque nos permitían ilustrar este tema tan poco tratado, pero también porque teníamos elementos suficientes para permitirnos contar la historia de sus autores. Son representativos de los muchos otros documentos del mismo tipo que hay en las colecciones.

Desde su creación, el Memorial de la Shoah (heredero del Centro de Documentación Judía Contemporánea) recoge y conserva los archivos que permiten escribir y transmitir la historia de la Shoah. En los últimos veinte años se ha intensificado la recopilación de archivos privados para documentar la vida de los judíos en Francia antes, durante y después de la Segunda Guerra Mundial.

Cada nueva carta es importante porque revela una vida, una existencia, devuelve la dignidad a una persona que no es solo un nombre en el muro. Estas cartas nos ofrecen un vínculo directo con los desaparecidos: escritas de su puño y letra, dan testimonio de un momento de sus vidas y son, por desgracia, el último rastro de algunos de ellos.

Recoger y archivar esta información es aún más crucial.

Los expedientes que componen esta colección de archivos privados, cuyo tamaño oscila entre unos pocos folios y varios cientos de páginas, representan actualmente cerca de 25 metros lineales. Todos estos documentos, una vez clasificados y catalogados, y en algunos casos restaurados, se ponen a disposición de los lectores y del público en general a través de exposiciones, de acuerdo con las condiciones establecidas por los donantes.

Este libro tenía varios objetivos: arrojar luz sobre un aspecto poco conocido de la historia de la Shoah, realzar el valor de estos documentos de archivo y honrar la memoria de las víctimas.

Esperamos haber estado a la altura de esta ambición.

NOTAS

Introducción

1. Simon Laks, *Mélodies d'Auschwitz et autres écrits sur les camps* («Melodías de Auschwitz y otros escritos sobre los campos»), París, Cerf, 2018.
2. Ref. 22 P 3071.
3. El archivo se conserva ahora en Caen en la División de Archivos de Víctimas de Conflictos Contemporáneos (DAVCC) con la referencia 22P 3065 a 3078. La DAVCC es un departamento del Servicio Histórico de la Defensa (SHD) y se puede obtener como sigue: SHD-DAVCC. El archivo lo ha digitalizado completamente el Memorial de la Shoah, donde puede consultarse.
4. El *Bulletin de l'UGIF Informations juives* («Boletín de la UGIF de Informes sobre judíos») se publicó en la zona ocupada desde el 23 de enero de 1942 (núm. 1) hasta el 19 de mayo de 1944 (núm. 119).
5. Los archivos de Benjamin Schatzman se confiaron al Memorial de la Shoah en 2012 y se conservan bajo la referencia MDCXII. Su diario se publicó con el título: *Journal d'un interné. Compiègne, Drancy, Pithiviers, 12 décembre 1941-23 septembre 1942* («Diario de un interno. Compiègne, Drancy, Pithiviers, 12 de diciembre de 1941-23 de septiembre de 1942»), París, Fayard, 2006.
6. Georges Wellers, *Un juif sous Vichy* («Un judío en Vichy»), París, Tiresias, 1991, p. 130, citado por Michel Laffitte,

L'Union générale des Israélites des France, 1941-1944: les organisations ueves d'assistance et leurs limites légales au temps de la Shoah («La Unión general de los judíos en Francia, 1941-1944: las organizaciones judías de asistencia y sus límites legales durante el tiempo de la Shoah»), tesis, París, École des Hautes Études en Sciences Sociales (EHESS), 2002.

PRIMERA PARTE
LA *BRIEF-AKTION*

1. 11 de marzo de 1971, Andrejz Zaorski, Declaración APMA-B Fond, vol. 70, pp. 212-213.
2. Según las investigaciones de Andreas Killian, la atribución del texto a Chaïm Herman la realizó el museo de Auschwitz; véase Andreas Killian, «Farewell Letter from Crematorium. On the Authorship of the First Recorded "Sonderkommando-Manuscript" and the Discovery of the Original letter» («Carta de despedida del crematorio. Sobre la autoría del primer "Manuscrito del Sonderkommando" registrado y el descubrimiento de la carta original»), en Nicholas Chare y Dominic Williams (eds.), *Testimonies of Resistance. Representations of the Auschwitz-Birkenau Sonderkommando* («Testimonios de resistencia. Representaciones del Sonderkommando de Auschwitz-Birkenau»), Nueva York, Berghahn Books, 2019, pp. 91-101.
3. Archivos Nacionales. Expediente de arianización: AJ 38/2002 expediente 32495. Solicitud de tarjeta de identidad: 19940505/1263 Fondo de Moscú.
4. Archivos del SHD, Hersz Strasfogel 21P 541 247.
5. La carta original de Hersz Strasfogel la confiaron al Memorial de la Shoah, en agosto de 2019, Béatrice y Laurent Muntlak. Se conserva bajo la referencia CMLXXXVI (67)-1. Sobre la carta de Hersz Strasfogel, véase Léa Veinstein,

La Voix des témoins. Historie du témoignage de la Shoah («La voz de los testigos. Historia de testimonios de la Shoah»), París, Fondation Mémorial de la Shoah, 2020; y Andreas Killian, «Farewell Letter from Crematorium. On the Authorship of the First Recorded "Sonderkommando-Manuscript" and the Discovery of the Original letter» («Carta de despedida del Crematorio. Sobre la autoría del primer "Manuscrito del Sonderkommando" registrado y el descubrimiento de la carta original»), art. cit.

6. SHD-DAVCC 22 P 3066 y 21 P 426 930.
7. La carta y los documentos relativos a Sylvain Bloch los confió al Memorial de la Shoah su hija Janine Laichter. Se conservan bajo la referencia CMLXXXVI (8)-7.
8. USC Shoah Foundation-Visual History Archive, testimonio registrado el 17 de junio de 1997.
9. En la obra de Clefs, véase el estudio de Franck Marché, *Clefs. D'un paradis à l'enfer de Auschwitz. Le chantier forestier 1607, 1942-1943* («Del paraíso al infierno de Auschwitz. El recinto del bosque 1607, 1942-1943»), impreso por Bull-Duplicopy, 2008.
10. Los documentos relativos a Charles-Salmon Ferleger se confiaron al Memorial de la Shoah en 1993. Se conservan bajo el número CMLXXXVI (9)-12.
11. Pierre Bertaux, *Mémoires interrompus* («Memorias interrumpidas»), París, Presses Sorbonne Nouvelle, 2018.
12. Archivos del Memorial de la Shoah CCXXI-19, fondos FSJF, situación del 15 de julio de 1943, citado por Serge Klarsfeld, *Le Calendrier de la persécution des juifs de France. 1940-1944* («El calendario de la persecución de los judíos de Francia. 1940-1944»), París, *Les Fils et filles des déportés juifs de France* («Los hijos y las hijas de los deportados judíos de Francia»), 1993.
13. Véanse las cartas de Thomas Fogel y Henry Krasucki, en Paulette Sarcey y Karen Taieb, *Paula, Survivre obstiné-*

ment («Paula. Sobrevivir obstinadamente»), París, Tallandier, 2005.

14. Las cartas y los documentos de Isaak Goldsztain los confió al Memorial de la Shoah su hija Annie Goldsztajn en junio de 2009. Se conservan bajo la referencia CMLXXV (48)-3.
15. Archivos de Arolsen, expediente núm. 3648.
16. Las cartas y los documentos los confió al Memorial de la Shoah, en abril de 2010, la hermana de Georges, Fanny Jablonka, cuyo apellido de soltera era Joffé. Se conservan bajo la referencia CMLXXXVI (30)-4.
17. Véase Bernard Reviriego, *Les Juifs en Dordogne 1939-1944. De l'accueil à la persécution* («Los judíos en Dordoña 1939-1944. De la recepción a la persecución»), Périgueux, Archives départementales de la Dordogne-Fanlac, 2003.
18. Sobre el convoy de los 45 000 y Lucien Bloch, véase Claudine Cardon-Hamet, *Les «45 000». Mille otages pour Auschwitz. Le convoi du 6 juillet 1942* («Los "45 mil". Mil rehenes hacia Auschwitz. El convoy del 6 de julio de 1942»), París, Graphein, 1997. Página web: politique-auschwitz.blogspot.com.
19. Referencia del archivo: SHD-DAVCC 21 P 426 835.
20. Las cartas y los documentos relativos a Lucien Bloch los descubrieron los señores Scherrer en un desván del número 1 del bulevar de la Marne, en Estrasburgo, en junio de 2008. Se entregaron al Memorial de la Shoah en 2014. Se mantienen bajo el registro CMLXXXVI (48)-24.
21. Madeleine Dechavassine, «Après Auschwitz» («Después de Auschwitz»), *Bulletin périodique de l'Amicale des anciens déportés d'Auschwitz*, mayo-junio de 1947, núm. 15, pp. 3-4.
22. Las tarjetas y los documentos relativos a Berthe Falk se conservan en la colección Falk-Waligora con la referencia MDCCIII. Los confiaron al Memorial de la Shoah los hijos de Suzanne y Joseph Falk en diciembre de 2018.

23. Las cartas que escribió Marcel Aptekier las confiaron al Memorial de la Shoah Albert Aptekier y Laurence Fisbein-Aptekier, en 2010 y 2018, respectivamente, y se mantienen bajo el registro CMLXXV (52)-19.
24. Colección del *Bulletin de l'Union générale des Israélites de France-Informations juives Zone occupée* («Boletín de la Unión general de los judíos en Francia. Información de judíos en las zonas ocupadas»), Archivos del Memorial de la Shoah, XLVII-27.
25. André Balbin, *De Lodz à Auschwitz. En passant par la Loraine* («De Lodz a Auschwitz. Pasando por la Lorena»), Nancy, Presses Universitaires de Nancy, 1989.
26. Las cartas y los documentos relativos a André Balbin las confió al Memorial de la Shoah la señora Liliane Balbin en junio de 2014. Se conservan bajo la referencia CMLXXV (70)-10.

SEGUNDA PARTE
CARTAS CLANDESTINAS

1. Annette Wieviorka y Michel Laffitte, *À l'intérieur du camp de Drancy* («En el interior del campo de Drancy»), París, Perrin, 2012.
2. Jefe del Departamento de Asuntos Judíos de la Gestapo en Francia desde julio de 1942 hasta agosto de 1944.
3. Documento XLIX-53.
4. Charles Degheil nació el 21 de enero de 1920 en Moudavezan (Alto Garona). Requerido para la STO en Alemania, se le asignó el 29 de mayo de 1943 al Lager II Buchenwald West Block 5.2.3. en Auschwitz. Regresó a Francia el 25 de junio de 1945. Archivos SHD-DAVCC.
5. Las cartas de Sally Salomon las confió al Memorial de la Shoah su hija, Liliane Cohen-Solal, en febrero de 2011. Se conservan bajo la referencia CMLXXXVI (33)-7.

6. Sobre la huida del convoy núm. 62, archivos del Memorial de la Shoah, xxvc-249 y xxvi-78.
7. Véase la declaración de Paul Cerf, junio de 1945, SRCGE, Archivos nacionales, F9 5565, publicada en Alexandre Doulut, Serge Klarsfeld, Sandrine Labeau, *1945. Les rescapés juifs d'Auschwitz témoignent* («1945. Los supervivientes judíos de Auschwitz testifican»), Marmande, Les Fils et filles des déportés juifs de France/Après l'oubli (Los hijos y las hijas de los deportados judíos de Francia/Después del olvido), 2015.
8. René Baconnier nació el 6 de febrero de 1921, su número de servicio es el 171 380, asignado al K. L. Auschwitz, BIIf, Bl. 14, era un *Schutzhaftling*, literalmente, «prisionero de protección».
9. Los documentos sobre Paul Cerf los confiaron al Memorial de la Shoah en 2020 Éliane, Isabelle y Daniel Cerf, con motivo de la investigación que se realizó para este libro. Los documentos se encuentran en proceso de catalogación.
10. Sobre Kosel y la ZAL (*Zwangsarbeitslager für Juden*, campos de trabajo para judíos) en Blechhammer, véase Guillaume Ribot y Tal Bruttmann, *Camps en France. Histoire d'une déportation. De l'effacement des traces* («Campos en Francia. Historia de una deportación. Sobre el borrado de las huellas»), 2008; y Charles Baron, «Du ZAL au KL Blechhammer», *Le Monde Juif*, núm. 120, octubre-diciembre de 1985.
11. En total, 23 cartas, escritas a lápiz y tinta, cuyos trazos se han desvanecido considerablemente con el paso de los años, fueron transcritas de forma paciente y meticulosa en el año 2000 por las hijas de Léon, Sylvie Chautemps y Béatrice Louat de Bort. Confiaron los documentos y las fotografías al Memorial de la Shoah en enero de 2011. Se conservan bajo la referencia CMLXXXV (33)-3.
12. Sede de la Policía sobre Asuntos Judíos (la Police aux questions jueves, PQJ), situada en el número 8 de la rue

Greffulhe, en el distrito VIII. Es probablemente el comisario Jean Bouquin, de la Seguridad Nacional, adscrito a la PQJ de marzo a octubre de 1942. Archivo Z6/NL, expediente 19 739 sobre el procedimiento llevado a cabo por el Tribunal de Justicia del departamento del Sena en contra de Jean Bouquin, nacido el 1° de julio de 1911 en Beaune (Costa de Oro), comisario de policía para cuestiones judías, encargado de la inteligencia con el enemigo. El caso se cerró el 28 de diciembre de 1949.

13. Las cartas y los documentos relacionados con Simon Cohen las confió al Memorial de la Shoah su viuda, la señora Sarah Cohen, en mayo de 2010. Se conservan bajo la referencia CMLXXXVI (31)-11.

14. Sobre la actividad clandestina de Jacques Feuerstein, véase Alice Ferrières y Patrick Cabanel, *Chère Mademoiselle... Alice Ferrières et les enfants de Murat, 1941-1944* («Querida señorita... Alice Ferrières y los hijos de Murat, 1941-1944»), París, Calmann-Lévy, 2010; y fondo Alice Ferrières, Archivos del Memorial de la Shoah, MDXXXIII.

15. SHD-DAVCC: 22 P.

16. Los documentos se conservan en los archivos de Yad Vashem bajo la referencia 0.8963.

17. Sobre Robert Francès, archivos del Memorial de la Shoah CMLXXV (38)-11a, donación de Georges Lamy. Véase también Robert Francès, *Un déporté brise son silence* («Un deportado rompe el silencio»), París, L'Harmattan, 1997.

18. Las cartas y los documentos relativos a Jacques Feuerstein los donó al Memorial de la Shoah Colette Feuerstein en diciembre de 2013. Se conservan bajo la referencia CMLXXV (88)-4.

TERCERA PARTE
LA LIBERACIÓN

1. Las cartas de André Berkover las confió él mismo al Memorial de la Shoah en julio de 2000. Se mantienen bajo la referencia CMLXXXVI (1)-4.
2. Lesdeportesdesarthe.wordpress.com/minces-mirla-nee-rajchsglidt. Las cartas de Mireille Minces las confió al Memorial de la Shoah la señora Delboven en mayo de 2006. Se conservan bajo la referencia CMLXXXVI (15)-7.
3. Las cartas de Jean Gotfryd las confió al Memorial de la Shoah la señora Delboven en octubre de 2013. Se conservan bajo la referencia CMLXXXVI (48)-17.
4. Las cartas de Simone Haas las confió al Memorial de la Shoah Catherine Haas en marzo de 2019. Se conservan con la referencia CMLXXXVI (67)-6.
5. Las cartas de Yvonne Lévy las confió al Memorial de la Shoah Bertrand Lévy en diciembre de 2004. Se conservan bajo la referencia CMLXXXVI (23)-24.
6. Las cartas de Jeanne Geismar las confió al Memorial de la Shoa Nicole Bonaventure en noviembre de 2017. Se conservan bajo la referencia CMLXXXVI (66)-7.
7. La carta de Hirsch Abel la confió al Memorial de la Shoah Patrick Abel en marzo de 2013. Se conserva bajo la referencia CMLXXV (147)-15. Fue hasta 2007 que se le entregó esta carta a Patrick Abel, nieto de Hirsch, por parte del nieto de los señores Truchet, que la habían conservado. Véase Patrick Abel, *En quête du nom. Sur les pas de mon grand-père Hirsch Wolf Abel* («En busca del nombre. Tras las huellas de mi abuelo Hirsch Wolf Abel»), autopublicación, 2019.
8. Las cartas de Jacques Ruff las confió al Memorial de la Shoah Robert Sawalski en septiembre de 2009. Se conservan bajo la referencia CMLXXXVI (24)-17.

ANEXO

Número de cartas enviadas por campo en el marco de la *Brief-Aktion*

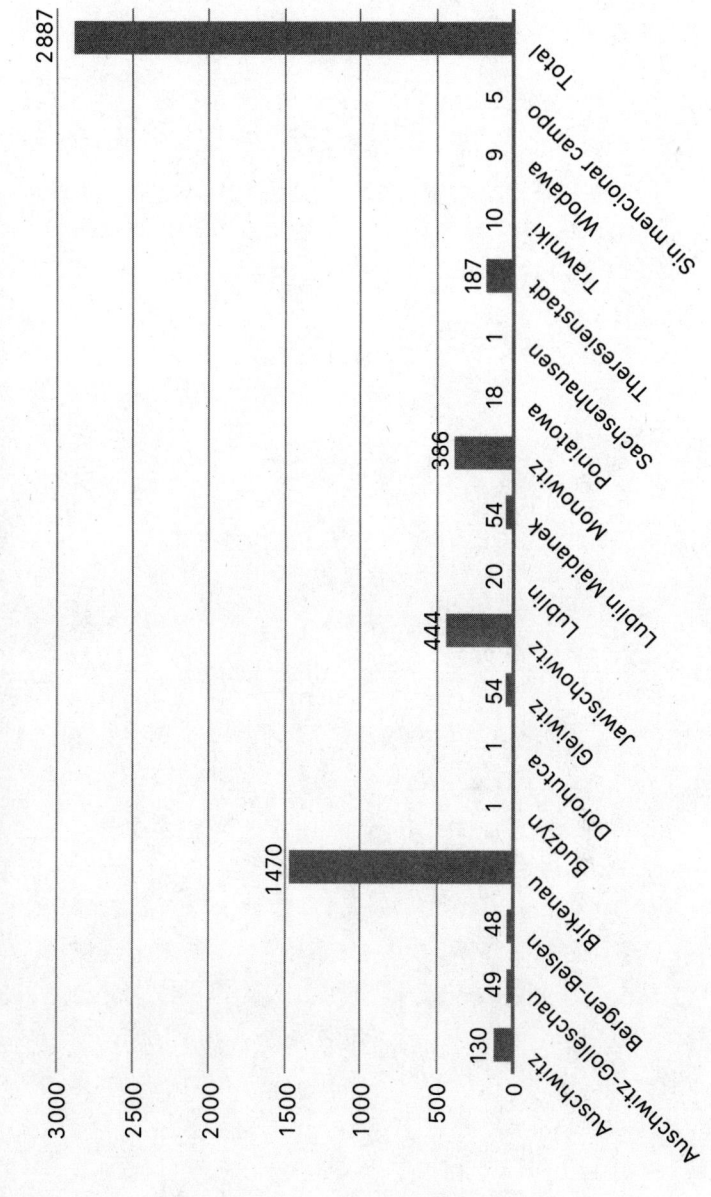

Campo	Número
Auschwitz-Golleschau	130
Bergen-Belsen	49
Birkenau	48
Budzyn	1470
Dorohucta	1
Gleiwitz	1
Jawischowitz	54
Lublin	444
Lublin Majdanek	20
Monowitz	54
Poniatowa	386
Sachsenhausen	18
Theresienstadt	1
Trawniki	187
Włodawa	10
Sin mencionar campo	9
Total	2887

BIBLIOGRAFÍA Y FUENTES

Obras

Abel, Patrick, *En quête du nom. Sur les pas de mon grand-père Hirsch Wolf-Abel*, París, autopublicación, 2019.

Balbin, André, *De Lods à Auschwitz. En passant par la Lorraine*, Nancy, Presses Universitaires de Nancy, 1989.

Bruttmann, Tal, *Auschwitz*, París, La Découverte, 2015.

Colectivo, *Auschwitz 1940-1945*, 5 volúmenes, París, PMAB, 2011 (para la versión francesa).

Cywinski, Piotr M.A., Jacek Lachendro y Piotr Setkiewicz, *Auschwitz de A à Z. Une histoire illustrée du camp*, París, PMAB, 2019.

Doulut, Alexandre, Serge Klarsfeld y Sandrine Labeau, *1945. Les rescapés juifs d'Auschwitz témoignent*, París/Marmande, Les Fils et filles des déportés juifs de France/Après l'oubli, 2015.

Gordon, Justin R., *Post Card from Auschwitz*, The Israel Philatelist, febrero de 2006.

Joly, Laurent, *L'Antisémitisme de bureau*, París, Grasset, 2011.

——, *L'État contre les juifs. Vichy, les nazis et la persécution antisémite*, París, Grasset, 2018; «Champs histoire», 2020.

Killian, Andreas, «Farewell Letter from the Crematorium. On the Authorship of the First Recorded "Sonderkommando-Manuscript" and the Discovery of the Original Letter», en Nicholas Chare y Dominic Williams (eds.), *Testimonies of Resistance. Representations of the Auschwitz-Birkenau Sonderkommando*, Nueva York, Berghahn, 2019.

Klarsfeld, Serge, *Le Calendrier de la persécution des juifs de France, 1940-1944*, París, Les Fils et filles des déportés juifs de France, 1993.

——, *Vichy-Auschwitz. La Shoah en France*, París, Fayard, 2001.

Laffitte, Michel, *Un engrenage fatal. L'UGIF face aux réalités de la Shoah, 1941-1944*, París, Liana Lévi, 2003.

——, *Juifs dans la France allemande. Institutions, dirigeants et communautés au temps de la Shoah*, París, Tallandier, 2006.

Lajournade, Julien, *Le Courrier dans les camps de concentration. Système et rôle politique, 1933-1945*, París, L'Image document, 1989.

Laks, Simon, *Mélodies d'Auschwitz et autres écrits sur les camps*, París, Cerf, 2018.

Langeois, Christian, *Mineurs de charbon à Auschwitz. Jawischowitz 15 août 1942-18 janvier 1945*, París, Cherche Midi, 2014.

Lørdahl, Erik, *German Concentration Camp, 1933-1945. History, Related Philatelic Material and System of Registration of Inmate Mail*, Tårnåsen, War and Philabooks, 2000.

Lørdahl, Erik, y Henry Schwab, «Concentration Camp Auschwitz Inmate Mail...», *German Postal Specialist*, 1 (5), junio de 1999.

Marché, Franck, *Clefs. D'un paradis à l'enfer d'Auschwitz. Le chantier forestier 1607, 1942-1943*, impresa por Bull-Duplicopy, 2008.

Mark, Ber, *Des voix dans la nuit. La résistance juive à Auschwitz-Birkenau*, París, Plon, 1982.

Oppenheimer, Jean, *Journal de route. 14 mars-9 mai 1945*, París, Le Manuscrit, 2006.

Poznanski, Renée, Denis Peschanski y Benoît Pouvreau, *Drancy. Un camp en France*, París, Fayard, 2015.

Rajsfus, Maurice, *Des juifs dans la collaboration. L'UGIF 1941-1944*, París, EDI, 1980.

Sarcey, Paulette (con Karen Taieb), *Paula. Survivre obstinément*, París, Tallandier, 2015.

Schatzman, Benjamin, *Journal d'un interné. Compiègne, Drancy, Pithiviers, 12 decembre 1941-23 septembre 1942*, París, Fayard, 2006.

Smoleń, Kazimierz, *Wsrod koszmarnej zbrodni. Notatki wiezniow Sonderkommando* [«En medio de un crimen de pesadilla. Notas de los prisioneros del Sonderkommando»], 2ª edición revisada, Oświęcim, Wydawnictwo Panstwowego Muzeum w Oswiecimiu, 1975.

Taieb, Karen, *Je vous écris du Vel' d'Hiv. Les lettres retrouvées*, París, Robert Laffont, 2011.

Veinstein, Léa, *La Voix des témoins. Histoire du témoignage de la Shoah*, París, Fondation Mémorial de la Shoah, 2020.

Wehrbach, François, *André Berkover, matricule A16572. Auschwitz III-Monowitz*, Champhol, Colombier, 2008.

Wellers, Georges, *Un juif sous Vichy*, París, Tirésias, 1991.

Wieviorka, Annette, *Déportation et génocide. Entre la mémoire et l'oubli*, París, Plon, 1992; «Pluriel», 1995.

Wieviorka, Annette, y Michel Lafitte, *À l'intérieur du camp de Drancy*, París, Perrin, 2012.

Trabajo académico

Laffitte, Michel, *L'Union générale des Israélites des France, 1941-1944: les organisations juives d'assistance et leurs limites légales au temps de la Shoah*, tesis doctoral en Historia, École des Hautes Études en Sciences Sociales (EHESS), 2002.

Archivos

Archivos del Memorial de la Shoah, 17, rue Geoffroy, 75004 París: www.memorialdelashoah.org.

Archivos del Museo Estatal de Auschwitz-Birkenau, declaración de A. Zoarski, 11 de marzo de 1971, APMA-B, Colección de Declaraciones, ed.70 212-13.

Archivos del Servicio Histórico de la Defensa, DFA, DAVCC, Caen, AC 21P, 27 P.

Archivos Nacionales, expedientes de los campos de Drancy, Pithiviers y Beaune-la-Rolande, expedientes de control de la Prefectura de Policía F9, que pueden consultarse en forma digitalizada en el Memorial de la Shoah.

Recursos en línea

Archivos Arolsen: arolsen-archives.org/fr.

Archivos Nacionales: www.siv.archives-nationales.culture.gouv.fr.

Centro de documentación del Memorial de la Shoah: ressources.memorialdelashoah.org.

Museo de Auschwitz: auschwitz.org/en/.

Sobre Andrzej Zaorski: alnet.babant.pl/?dr-n-med-andrzej-zaorski.16.

Yad Vashem: www.yadvashem.org/fr/archives.html.

CRÉDITOS DEL ANEXO FOTOGRÁFICO

Página i: © Mémorial de la Shoah/coll. Muntlak.
Página i: © Mémorial de la Shoah/coll. Laichter.
Página ii: © Mémorial de la Shoah/coll. Laichter.
Página iii: © SHD-DAVCC 22 P 3067.
Página iii: © Mémorial de la Shoah/coll. Goldsztajn.
Página iv: © Mémorial de la Shoah/coll. Goldsztajn.
Página v: © Mémorial de la Shoah/coll. Jablonka; © Mémorial de la Shoah/coll. SHD-DAVCC 22 P 3070.
Página vi: © Mémorial de la Shoah/coll. Scherrer.
Página vi: © Mémorial de la Shoah/coll. Falk.
Página vii: © Mémorial de la Shoah/coll. Aptekier.
Página vii: © Mémorial de la Shoah/coll. Balbin.
Página viii: © SHD-DAVCC 22 P 3065.
Página viii: © Mémorial de la Shoah/coll. Goldstein-Chautemps-Louat de Bort.
Página ix: © Mémorial de la Shoah/coll. Cohen-Solal.
Página ix: © Mémorial de la Shoah/coll. Cerf.
Página x: © Mémorial de la Shoah/coll. Goldstein-Chautemps-Louat de Bort.
Página x: © Mémorial de la Shoah/coll. Cohen.
Página xi: © Mémorial de la Shoah/coll. Feuerstein.
Página xi: © Mémorial de la Shoah/coll. Berkover.
Página xii: © Archives départementales de la Sarthe.
Página xii: © Mémorial de la Shoah/coll. Delboven.
Página xiii: © Mémorial de la Shoah/coll. Gotfryd.

Página XIII: © Mémorial de la Shoah/coll. Haas.
Página XIV: © Mémorial de la Shoah/coll. Lévy.
Página XIV: © Mémorial de la Shoah/coll. Bonaventure.
Página XV: © Mémorial de la Shoah/coll. Bonaventure.
Página XV: © Mémorial de la Shoah/coll. Hirsch.
Página XVI: © Mémorial de la Shoah/coll. Sawalski.
Página XVI: © Archivo del Museo de Auschwitz (PMO).

AGRADECIMIENTOS

Este libro no habría sido posible sin la ayuda y el apoyo de muchas personas, y sobre todo de los donantes que nos confiaron sus documentos. A todos ellos, así como a sus familias, les agradecemos que hayan renovado su confianza en nosotros para esta publicación.

Patrick Abel, Albert Aptekier, Daniel Aptekier-Gielibter, Laurence Fisbein Aptekier, Nicole Aptekier-Fitoussi, Liliane Balbin, André Berkover (†), Nicole Bonaventure, Daniel Cerf, Eliane Cerf-Baron, Isabelle Cerf, Liliane Cohen-Solal, Eve Level-Cohen, Sara Cohen, Stéphane Mortier-Falk, Salomon Ferleger (†), Colette Feuerstein, Sylvie Goldstein-Chautemps, Annie Goldsztajn, Rachel Gotfryd, Catherine Haas, Fanny Jablonka, Janine Laichter, Bertrand Lévy, Sonia Lévy, Béatrice de Louat de Bort, Béatrice Muntlak, Laurent Muntlak, Simone Muntlak (†), Jean-Pierre Randon, Catherine Rozenberg, Georges Salomon, Robert Sawalski, François Scherrer.

Nada de esto habría sido posible sin la capacidad de persuasión de mi editora, Dominique Missika.

Gracias también a todo el equipo de Tallandier.

Mi agradecimiento a Ivan Jablonka, que me hizo el honor de aceptar escribir el prefacio de este libro cuando aún estaba en pañales.

En los archivos del SHD, Pierre Laugeay, Bertrand Fonck, Alain Alexandra y Dominique Hiéblot (†), y en el Museo de Auschwitz, Krzysztof Antonczyk.

Tengo la suerte de haber podido contar con mis amigos historiadores, especialmente Tal Bruttmann y Laurent Joly, que respondieron a mis innumerables preguntas, de día y de noche, los fines de semana y los días festivos. Un doble agradecimiento a Tal por su atenta corrección y sus valiosos consejos. Gracias a Andreas Killian, cuya historia de Hersz Strasfogel me dio a conocer. Por último, gracias a Alexandre Doulut, Sandrine Labeau y Thomas Fontaine por nuestros siempre valiosos intercambios.

Una mención especial a Dorothée Boichard y Alix Noël, que me ayudaron a descifrar y transcribir las cartas manuscritas y me ahorraron un tiempo valioso. Gracias a David Alliot por su trabajo de edición del manuscrito.

Tengo la suerte de estar rodeada de un equipo maravilloso en el Memorial de la Shoah. Este libro les debe mucho: Aurore Blaise, Dorothée Boichard, Sébastien Boulard, Anne Huaulmé, Valérie Kleinknecht, Marie Lainez, Cécile Lauvergeon, sin olvidar a mis colegas Lior Lalieu-Smadja, Olivier Lalieu, Sophie Nagiscarde y Ariel Sion.

Por último, quiero agradecer a Jacques Fredj, director del Memorial, por la confianza que ha depositado en mí durante los últimos 28 años.

ÍNDICE

Prefacio 7
Introducción 11
Nota liminar 25

PRIMERA PARTE
LA *BRIEF-AKTION*

Hersz-Hermann Strasfogel 33
Sylvain Bloch 41
Salomon-Charles Ferleger 45
Isaak Goldsztajn 51
Georges Joffé 63
Lucien Bloch 69
Berthe Falk 75
Mendel-Marcel Aptekier 81
Abraham-André Balbin 87

SEGUNDA PARTE
LAS CARTAS CLANDESTINAS

Sally Salomon 99
Paul Cerf 115
Leib-Léon Goldstein 125

Simon Cohen 139
Jacques Feuerstein 147

TERCERA PARTE
LA LIBERACIÓN

André Berkover 159
Mireille Minces 165
Jean Gotfryd 169
Simone Haas 175
Yvonne Lévy 179
Jeanne Geismar 183
Hirsch Abel 187
Jacques Ruff 189

Conclusión 199
Notas 201
Anexo 209
Bibliografía y fuentes 211
Créditos del Anexo fotográfico 215
Agradecimientos 217

ANEXO FOTOGRÁFICO

*Hersz Strasfogel,
años treinta.*

*Sylvain Bloch,
principios de los años veinte.*

Carta de Sylvain Bloch a su esposa Yvonne
desde el campo de Birkenau.

Isaak Goldsztajn, 1930.

*Formulario de registro de la UGIF
de la tarjeta enviada por Charles Ferleger.*

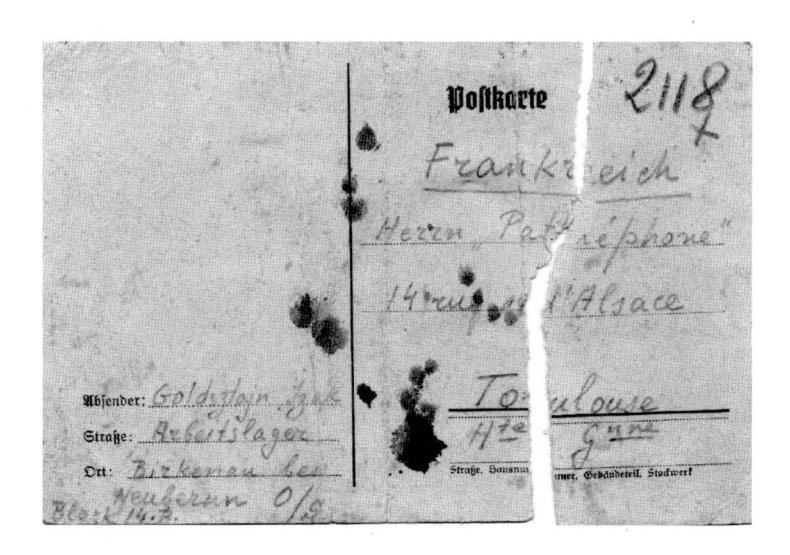

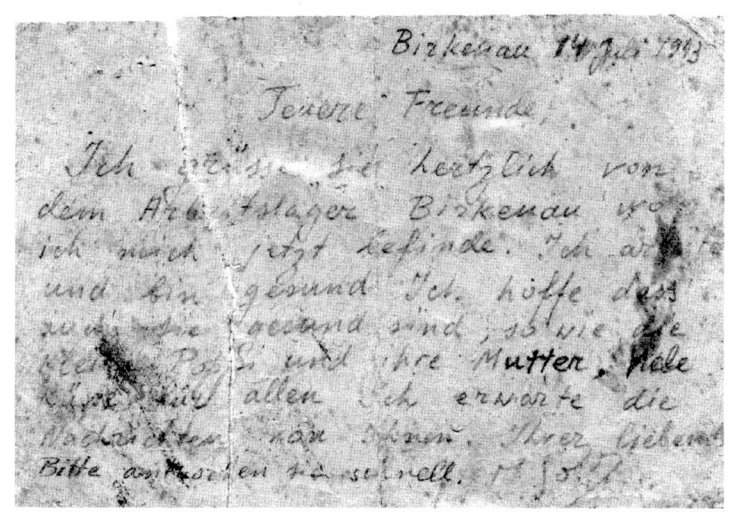

*La segunda tarjeta escrita por Isaak Goldsztajn
en el campo de Birkenau.*

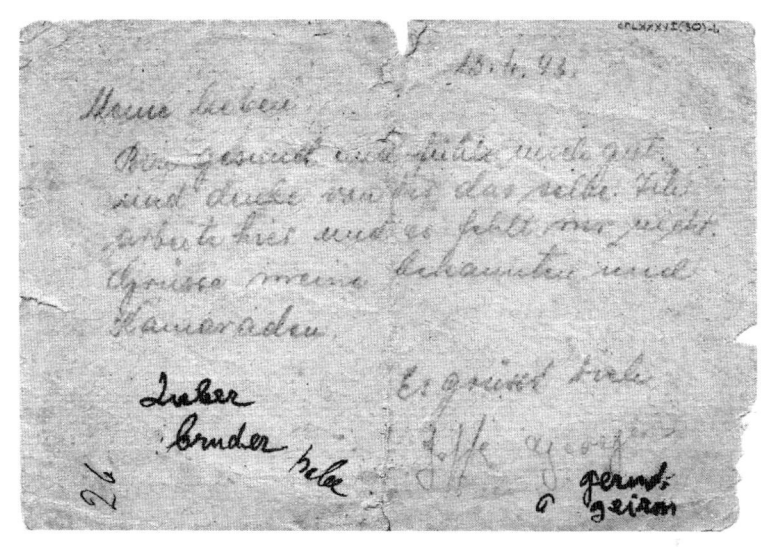

Tarjeta escrita por Georges Joffé desde el campo de Birkenau.

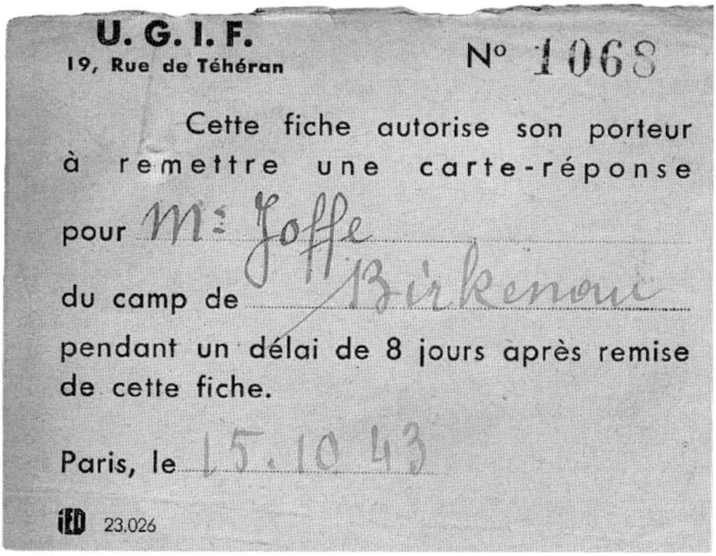

La UGIF proporcionó a los destinatarios de las cartas un cupón para adjuntar a cualquier respuesta.

VI

Carta escrita por Lucien Bloch y lanzada desde el tren de deportación que salió de Compiègne el 7 de julio de 1942.

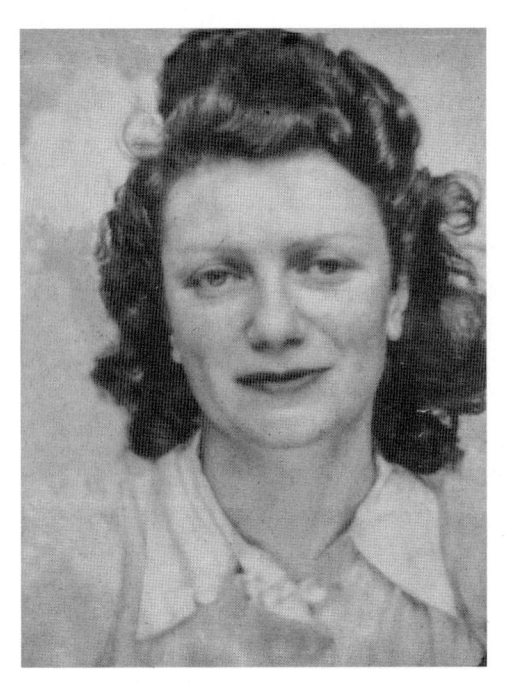

Berthe Falk, 1946.

Mendel Aptekier (izquierda) y su hermano Salomon, hacia 1940.

André Balbin, a finales de los años treinta.

VIII

*«Queridos padres, puedo decirles que estoy bien,
que estoy trabajando, [espero] escuchar lo mismo de ustedes.
Mis más sinceros saludos y besos de parte de su hijo. André».
Carta escrita en Birkenau por André Balbin
y no entregada a sus destinatarios.*

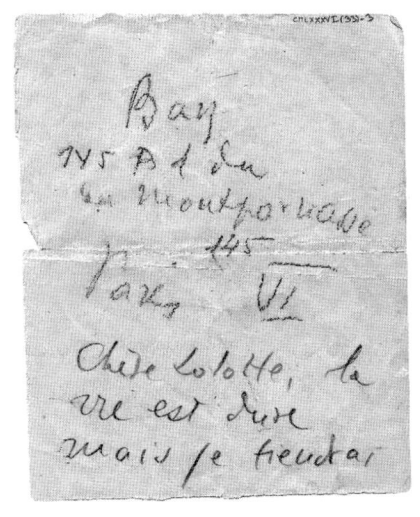

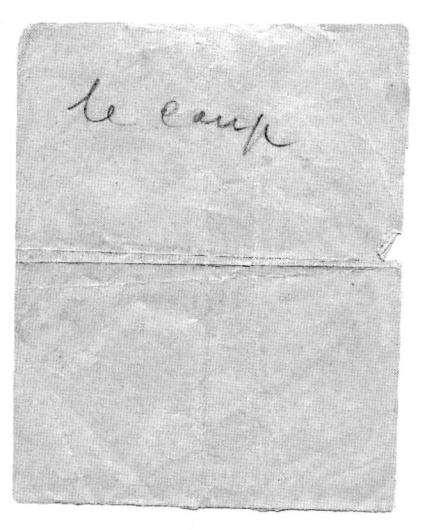

*«Querida Lolotte, la vida es dura, pero lo superaré».
Palabras garabateadas por Léon Goldstein,
probablemente en el momento de la evacuación.*

Sally y Minna Salomon, Cazères-sur-Garonne, 1942.

Paul Cerf, 1945.

Léon Goldstein, 1910.

Simon Cohen, cerca de 1940.

Jacques Feuerstein, 1940.

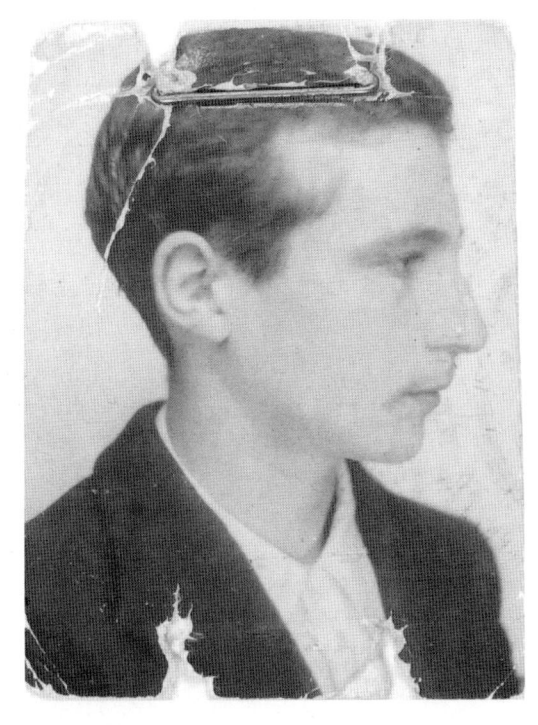

André Berkover, 1945.

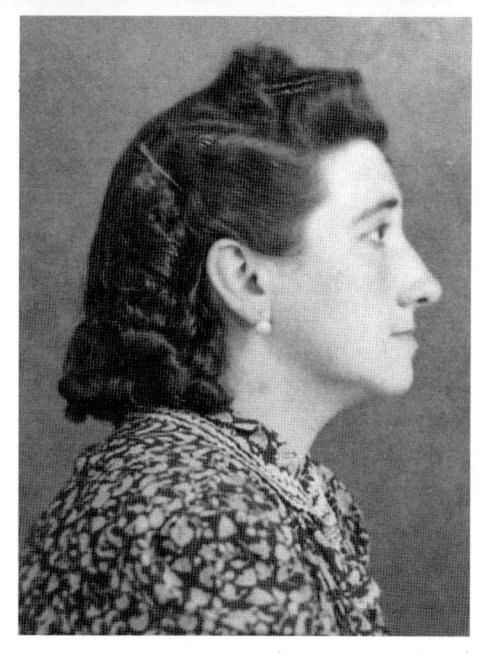

Mireille Minces, 1942.

Tarjeta escrita por Mireille Minces desde el campo
de Bergen-Belsen, donde fue liberada, el 28 de abril de 1945.

Jean Gotfryd, 1946.

Simone Haas, 1929.

Carta escrita por Yvonne Lévy en el campo de Auschwitz-Birkenau tras su liberación, 12 de febrero de 1945.

Jeanne Geismar, a finales de los años treinta.

Carta de Jeanne Geismar a sus padres escrita en el campo de Auschwitz poco después de su liberación, 13 de febrero de 1945.

Hirsch Abel, 1946.

XVI

Jacques Ruff, 1945.

*Documento, fechado el 25 de enero de 1944,
con el asunto «Briefaktion des RSHA (Juden)».
Se trata de una solicitud de asignación de combustible
para la siguiente ruta:
Birkenau y otros dos kommandos de Auschwitz
(Jawischowitz y Monowitz) y de vuelta.*